KB045922

쿠로노 전기 1

이세계 전이한 내가 최강인 건
침대 위에서만인 것 같습니다

쿠로노
고등학교 수험 날에 이세계 전이한 불운한 소년.
믿음직스럽지 못한 주제에 묘하게 여성에게 인기가 많아,
깨닫고 보니 하렘 상태로?
엘레나
준 귀족에서 노예로 전락하여 쿠로노의 소유가 된 소녀.
시건방지지만 마조히스트 기질이 있다.
세라
안주인이라 불리며 사랑받는 식당 주인.
빚을 갚기 위해 연상의 매력으로 쿠로노를 밀어붙인다.

레이라
감정을 그다지 겉으로 드러내지 않는 쿨한 미소녀.
쿠로노의 부하로, 마법과 활 솜씨는 부대 제일.
티리아
케페우스 제국 황녀로 쿠로노의 친구.
문무 모두 뛰어나지만, 세상 물정을 모르는 측면도 지녔다.

"쿠로노 님, 애인 중 한 명이라도 상관없어요. 부디, 당신 곁에 있게 해주세요
제 사랑은…… 당신만의 것이에요."
"——!!"
그것이 결정타였다.
쿠로노는 레이라를 침대에 밀어 넘어뜨렸다.

쿠로노 전기1
Record of Kurono's War
이세계 전이한
내가 최강인 건
침대 위에서만
인 것 같습니다
isekaiteni sita boku ga saikyou nanoha
bed no uedake no youdesu
일러스트 무츠미 마사토
사이토 아유무

커버 그림, 본문 일러스트 | **무츠미 마사토**

Record of Kurono's War
isekaiteni sita boku ga saikyou nanoha
bed no uedake no youdesu

서 장 『시작의 날』

서력 2019년 2월—— 히사미츠가 현관문을 열자, 차고 메마른 바람이 불어 들어왔다.

문을 밀어젖히다시피 하며 밖으로 나간 다음 순간, 눈앞이 새까매졌다.

시야는 곧바로 돌아왔지만, 크게 기울어져 있었다.

의식을 잃은 것이다. 아직 쓰러지지는 않았기에 그건 한순간에 일어난 일이었을 터다.

하지만 그 찰나의 시간에 치명적일 정도로까지 자세가 무너져 있었다.

스포츠나 무도 경험이 있다면 자세를 다시 바로잡을 수 있었을지도 모른다.

아니, 그것도 어려운가. 히사미츠는 3년 가까이 체육 수업 말고는 운동을 하지 않았다.

이만한 공백이 있다면 어떤 달인이든 기량이 녹슨다. 일반인이라면 더더욱.

운이 없네, 하고 히사미츠는 탄식하며 사고를 자아냈다.

이날——고등학교 수험을 위해 노력해 왔는데 현관을 나선 순간에 쓰러졌다.

이걸 운이 없다고 말하지 않고서 무엇이 운이 없다고 할 것인가.
하지만 한탄해도 어쩔 수 없다. 하다못해 다치지 않기를 바라야만 할 것이다.
거기까지 생각하고, 히사미츠는 자신이 완만한 시간의 흐름에 있다는 것을 깨달았다.
이거라면 어떻게든 될지도 모르겠군, 하고 현관 앞에 있는 자전거에 손을 뻗었다.
손가락 끝이 바구니에 걸렸지만, 몸을 지탱할 수는 없었다.
자전거가 천천히 기울고, 현관의 타일이 조금씩 커졌다.
히사미츠는 눈을 감았지만, 충격은 아무리 시간이 지나도 찾아오지 않았다.
그리고――.
"아야!"
가벼운 충격이 몸을 꿰뚫어, 히사미츠는 눈을 떴다.
"여기는……?"
몸을 일으켜 시선을 두루 보내자, 밭의 풍경이 눈에 들어왔다. 종자를 막 뿌린 참인지 작은 싹이 땅에서 얼굴을 내비치고 있었다. 그야말로 눈앞의 온 풍경이 밭이었다.
"어째서 밭 한가운데에?"
히사미츠는 멍하게 중얼거리고는 일어섰다. 볼품없게 부풀어 오른 학생 가방이 어깨에서 미끄러져 떨어졌다.
지면을 보니, 자전거가 넘어져 있었다.

"어쩌면 좋지……?"

히사미츠는 한숨을 내쉬고는 하늘을 올려다봤다.

쿠로노 전기

이세계 전이한 내가 최강인 건
침대 위에서만인 것 같습니다

제 1 장 『첫 전투』

제국력 430년 5월 상순—— 쿠로노는 발아래서부터 길게 뻗은 바퀴 자국을 눈으로 좇았다.

풀에 가려진 부분도 있지만, 바퀴 자국은 숲 안쪽으로 이어지고 있었다.

사람이나 말, 마차가 통행하는 장소를 길이라고 부른다면 이것도 길이었다.

단, 영주가 관리하는 가도는 아니었다. 소위 말하는 샛길——지름길이었다.

영주가 관리하는 가도는 비교적 안전한 대신 통행세를 내야 한다.

즉, 여러 영지를 경유하면 할수록 통행세가 쌓여 간다.

행상인이나 평민에게는 큰 부담이 될 수밖에 없는데, 이 통행세를 절약하고자 할 때 이용하는 길이 바로 샛길이다.

"위험을 무릅써서라도 아껴야 할 정도는 아닌 것 같지만……."

아무 일 없이 통과하는 사람들이 선전하고 다니니 사라지지 않는 거겠지. 쿠로노는 한숨을 내쉬었다.

그때, 무언가가 숲속에서 움직였다. 재빨리 검을 쥐고 자세히 쳐다봤지만, 적의 모습은 보이지 않았다.

당연한가. 적도 바보는 아닐 터. 이쪽을 알아차리면 우리의 눈을 피해 숨겠지.

괜찮으려나, 하고 검 자루를 잡으며 자신에게 물었다.

군사학교를 갓 졸업한 참인 쿠로노는 실전 경험이 없었다.

하다못해 좋은 성적을 거두었다면 자신감을 품을 수 있었을지도 모르지만, 유감스럽게도 쿠로노는 졸업이 걱정될 정도의 열등생이었다.

물론 노력은 했지만, 전투에 필요한 기술을 거의 습득하지 못했다.

그런 자신의 검이 통할 것인가. 아니, 그보다 사람을 죽일 수 있을 것인가.

쿠로노가 검 자루를 꽉 쥔 채 숲 안쪽을 노려보고 있자, 굵은 목소리가 들려왔다.

"대장, 왜 그러심까?"

"——!"

뒤돌아보니 폴 액스를 든 거인이 서 있었다.

아니, 거인이라고 불러도 되는 걸까? 강철 같은 근육에 2m를 넘는 체구만 본다면 100명 중 100명이 거인이라고 부르겠지만, 선뜻 그렇게 표현하지 못하는 건, 그의 머리가 사람이 아닌 소의 머리였기 때문이다.

그는 인간이 아니다. 짐승의 머리에 인간의 몸을 지닌 수인 중 하나인 미노타우로스다.

이름은 미노라고 한다. 10년 이상의 경력을 지닌 병사로 지금은 쿠로노의 부관을 맡고 있다.

"대장, 왜 그러심까?"

쿠로노가 대답하지 않자, 미노는 같은 질문을 반복했다.

"숲 안쪽에서 뭔가가 움직였어."

"저한텐 암것도 안 보임다. 잘못 보신 거 아임까?"

"그런가?"

"대장, 주위를 봐주십쇼."

미노가 가볍게 웃으며 말하자 쿠로노는 검 자루를 잡은 채 주위를 둘러봤다.

부하들이 나무를 베어 쓰러뜨리거나 가공하는 모습이 눈에 들어왔다.

"몇 명 있는 줄 아심까?"

"계획대로라면 700명 정도."

"대부분이 감각이 예민한 수인임다. 이만큼 있는데 적을 알아차리지 못한다는 건 말도 안 되는 일입죠."

"즉, 내 착각이라는 거군."

쿠로노는 검 자루에서 손을 떼고, 군복으로 손바닥의 땀을 닦았다.

"뭐, 첫 전투는 누구든 신경질적이게 됨다."

"첫 전투라."

위가 쿡쿡 쑤시듯이 아파져 와서 쿠로노는 배를 눌렀다.

"괜찮으심까?"

"미안, 큰 거 쌀 것 같아."

"그런데도 용케 군인이 되려고 생각하셨군요."

"아버지한테서 귀족의 자식은 군사학교에 가는 법이라는 말을 들었거든. 게다가 그 무렵에는 다른 나라와 전쟁을 할 거라고는 생각지도 않았고."

"동쪽 국경에서는 신성 아르고 왕국과 자잘한 전투를 반복하고 있슴다."

"그건 알고 있지만……."

신성 아르고 왕국은 케페우스 제국 북쪽에 있는 종교 국가다.

케페우스 제국과 적대 관계로, 몇 번이고 무력 충돌을 반복해 왔다.

하지만 그 무대가 되는 건 동쪽 국경── 노우지 황제 직할령이다.

"원생림을 진군 루트로 선택할 거라고는 생각하지 않잖아, 보통."

"그렇습죠."

미노는 통나무처럼 굵은 팔로 팔짱을 낀 채 몇 번이고 고개를 끄덕였다.

케페우스 제국과 신성 아르고 왕국 국경에는 원생림이 펼쳐져 있다.

왕국군과 충돌하는 지역이 넓어지지 않았던 건 그 덕분이었다.

"그리고 일부러 거리가 있는 에라키스 후작령을 공격한 것도 이상하지 않아? 게다가 이쪽은 천 명 남짓인데, 1만 대군을 끌고 오다니, 전력을 다한다고 해도 너무 과하다고."

쿠로노는 계속해서 말하고는, 어깨를 풀썩 떨궜다.

"하다못해 원군이 와준다면……."

"인제 그만 포기하는 편이 좋다고 생각하지 말입다."

"그렇겠지……."

쿠로노는 한숨을 내뱉었다. 상사이자 영주인 에라키스 후작은 이틀 전에 원군을 부르러 나가서 소식이 없다.

"리크랑 같이 갔던 녀석들도 돌아오지 않고, 역시 돈을 빌려주지 않은 게 문제였나? 큭, 그때 돈을 빌려줬더라면 이런 일은……."

"그 사람은 돈을 빌려줬어도 도망쳤을 검다. 대장, 제가 이런 말을 하는 건 뭣하지만 말입다. 그만 도망치는 편이 좋지 않겠습까?"

"왜 그렇게 생각하는데?"

"그야 대장에게 득이 되지 않기 때문입다."

"아니아니, 도망치면 확실하게 손해잖아. 도망치는 것보다도 싸우는 편이 기회가 있대도."

명가 출신이라면 도망친다는 선택지도 있을지 모르겠지만, 쿠로노의 본가―― 크로포드 남작가는 신흥 귀족이다. 정치력을 구사하여 도주죄를 면하는 건 불가능하다.

"게다가 부하를 두고 도망칠 수도 없고."

"'아인' 편을 들어도 득 될 건 없습다."

미노는 아인이라는 단어에 힘을 주어 말했다.
아인이란 엘프, 드워프, 수인 등의 총칭이지만, 세간에서는 멸칭으로 통한다.
인간 사회에서는 차별이나 박해를 받고 있으며, 아인 근절을 국시로 내건 나라마저 있다.
"딱히 편을 드는 건 아니야."
"그럼 어째서 남으신 겁까?"
"조금 전에도 말했지만, 도망치는 게 더 손해라니까."
"대장이 싸우는 편이 기회가 있다고 생각하는 건 이해했습다만……."
미노는 숲을 바라봤다. 시선 너머에는 샛길을 둘러싸고 울타리가 늘어서 있다.
"급조한 울타리로 막을 수 있겠습까?"
"땅 깊이 박았으니까 쉽게 부서지진 않겠지."
"지금부터라도 게릴라전을 펼치는 편이 좋지 않겠습까?"
"나도 마음 같아서는 조금이라도 적을 줄여 두고 싶지만……."
그렇게 되면 작전이 틀어져 버린단 말이지, 하고 쿠로노는 중얼거렸다.

※

성채도시 하셀은 원생림에서 말을 타고 달려 한나절이 채 안 되는 거리에 있는 도시다. 그 중심에는 후작의 저택이 있는데, 티리아는 그 저택의 집무실에서 에라키스 후작의 보고를 받고 있었다.

"뭐라고! 네 녀석은 그래서 도망쳐 돌아온 것이냐!"

"히익!"

티리아가 호통을 치자 에라키스 후작은 비명을 지르며 엎드렸다.

후작은 겁을 먹은 것처럼 몸을 떨었지만, 그의 눈동자에는 반항적인 빛이 깃들어 있었다.

아무것도 모르는 꼬마 계집이, 라는 마음속 목소리가 전해져 오는 것만 같았다.

티리아는 그 반항적인 눈빛이 몹시 화가 났지만, '아무것도 모르는 꼬마 계집'이라는 점은 인정할 수밖에 없었다.

티리아가 나이가 부모뻘인 에라키스 후작에게 호통을 칠 수 있는 것도, 아버지——케페우스 제국 황제 라마르 5세의 위광과 제1 황위 계승자라는 직함이 있기에 가능한 일이었다.

"하, 하오나, 이걸로 시간을 벌 수 있을 겁니다. 이, 일 만의 적을 천 명의 아인으로 막을 수 있다면 싼 것 아니겠습니까."

"너는 그러고도 지휘관이냐!"

티리아는 에라키스 후작의 발언에 현기증마저 느꼈다.

30년 전—— 케페우스 제국은 동란의 소용돌이 속에 있었다.

황위를 둘러싼 대립은 내전으로 발전하여 도시국가의 독립과 야만족의 침입이라는 사태를 초래했다.

당시 귀족은 이러한 이상 사태에 대응하지 못했고, 제국은 그야말로 사양의 때를 맞이하고 있었다.

아버지가 용병의 힘을 빌린다는 결단을 하지 않았더라면 제국은 멸망했으리라.

제국은 이 일로 큰 교훈을 얻었을 터이지만, 그것도 시간의 흐름과 함께 흘러간 모양이었다.

"그 싸다는 말에는 '쿠로노'도 들어가 있는 건가?"

"화, 황녀 전하께서는 쿠로노 경을 알고 계십니까?"

에라키스 후작은 고개를 들고 쭈뼛쭈뼛 물었다.

"나와 쿠로노는 군사학교 동기다. 어째서 상사인 네가 그걸 모르지?"

"며, 면목 없습니다."

티리아가 대답하자 에라키스는 다시 엎드렸다.

그 모습에 짜증을 느꼈지만, 꾹 참았다. 이러고 있는 시간조차 아까웠다.

"며칠이냐?"

"예?"

"주변 영지에서 며칠에 원군이 오는지 묻고 있는 거다! 그게 아니면 너는 구원조차 요청하지 않은 거냐?!"

"고, 곧바로 확인하겠습니다!"

에라키스 후작은 허둥지둥 일어나서 방을 나갔다.

"……쿠로노 바보 녀석. 이래서는 죽기 위해 남은 거나 마찬가지지 않나.”

티리아는 작게 내뱉었다.

“……아니.”

티리아는 고개를 내젓고 쿠로노를 의식하는 계기가 된 사건을 반추했다.

반년 전의 일이다. 군사학교 연습으로 군기(軍旗)를 둘러싼 공방전을 치렀다.

티리아가 이끄는 방어팀은 지형적 이점과 장비의 장점을 살려 전황을 우위로 끌고 나갔다.

이윽고 승리를 확신했을 때, 공격팀이 자포자기했는지 무모한 공격을 펼쳐 왔다.

이때, 선두에 서서 공격팀을 고무하고 있던 것이 쿠로노였다.

티리아는 최후의 저항이라고 생각해 전군을 돌격시켰고, 복병에 쉽사리 군기를 빼앗겼다.

자포자기한 것처럼 보이는 공격은 양동 작전이었다.

“아직 희망은 있어.”

상식적으로 생각해서 열 배의 병력 차이를 뒤집는 건 불가능하지만, 쿠로노라면—— 그런 마음이 있었다.

※

쿠로노는 미노를 데리고 막 구축한 야전 진지를 둘러보고 있었다. 서둘러 작업을 진행한 탓인지 부하들이 지쳐 지면에 주저앉아 있었다.

뭐, 울타리를 점검하는 드워프나 자기 자리를 지키고 서 있는 아인도 있었지만.

"조금은 야전 진지다워졌네."

"글자 그대로 필사적……크흠, 죄송합다."

"그렇게까지 신경 쓰지 않아도 되지만…… 뭐, 전장에서는 듣기 좀 그렇네."

쿠로노는 쓴웃음을 지었다. 이제부터 어려운 싸움에 임해야 하는데, 죽음을 연상시키는 말은 곤란했다.

재수가 있네 없네 하는 건 미신일지도 모르지만, 그런 거라도 붙잡고 싶은 사람도 있으리라.

"……상태는 어때?"

쿠로노는 근처에 있던 사자 수인에게 말을 걸었다.

그는 등을 웅크리고 창끝을 갈고 있었는데, 웅크린 상태로도 위압감이 느껴졌다.

그의 이름은 레오── 보병 100명을 통솔하는 백부장 중 한 명이다.

"……문제없다."

"레오! 말투가──"

"괜찮아, 미노 씨."

쿠로노는 미노를 손으로 제지했다.

"잘 따라 주기만 한다면 문제없어."
"저건 잘 따르고 있는 말투가 아닙다."
"명령에 따라서 싸워 준다면, 시끄럽게 잔소리는 하지 않을 거야. 레오는 알고 있지?"
"……알고 있다."
레오가 몸을 부르르 떨고는 쿠로노에게 대답했다.
뭔가 했나? 하고 뒤돌아봤지만, 미노는 등을 곧게 뻗고 서 있을 뿐이었다.
"기대하고 있을게?"
"기대에 부응하는 싸움을 하지."
"의지하고 있을 테니까 말이야."
쿠로노는 레오의 어깨를 가볍게 두드리고는 울타리 쪽으로 향했다.
"미노 씨, 방금 뭔가 했어?"
"전 암것도 하지 않았습다. 그건 대장한테 겁을 먹은 검다."
"나한테?"
쿠로노는 자기도 모르게 되물었다.
레오는 미노 다음가는 베테랑이다. 자신에게 겁을 먹고 있다는 말을 들어도 쿠로노는 감이 오지 않았다.
"이따금 대장은 엄청나게 차가운 눈을 하니 말입다."
"……고치는 편이 좋으려나?"
"딱 좋다고 생각함다."

"하지만 지휘관이 감정을 겉으로 드러내는 건 좀."

지휘관은 냉정해야 한다고 생각한다.

"이틀 전에 지휘관이 된 사람이 잘도 말하십다."

"그렇게 따지면 미노 씨도 이틀 전까지는 부관이 아니었지만."

이틀 전까지 쿠로노는 사관후보생이라는 이름의 잡일 담당, 미노는 그 시중 담당이었다.

"뭐, 직함이 변해도 대장을 돌봐주는 부분은 변함이 없지만 말입다."

"너무한 말을 하네."

말은 그렇게 했지만, 쿠로노가 아무것도 할 수 없는 건 사실이었다. 잘난 듯이 지휘관 행세를 할 수 있는 것도 귀족이라는 지위가 있기에 가능한 일이었다.

"어라?"

쿠로노는 미노타우로스 한 명이 울타리 근처에서 웅크리고 있는 걸 알아차렸다.

"저건 호르스인가?"

"예, 그렇습다."

틀리지 않아서 다행이라며 내심 가슴을 쓸어내렸다. 호르스도 백부장이지만, 성격은 제법 얌전하다. 미노가 싸움소라고 한다면, 호르스는 방목지에서 풀을 먹는 젖소다.

"왜 저러는 거지?"

"대장과 같은 거 아니겠습까?"

"일단 말을 걸어 보자."

쿠로노가 가까이 다가가자 호르스는 고개를 들었다.

"몸이 안 좋아 보이는데, 설사야?"

"내, 내는, 무, 무섭대이."

호르스는 떨면서 대답했다. 이만한 덩치가 떨고 있으니 약간 유머러스하다.

"나도 무서워."

"쿠로노 님은 무서버하고 있는 것처럼 안 보인대이."

"아냐, 정말로 무서워."

스스로는 전혀 여유가 없다고 생각하는데, 라며 쿠로노는 쓴웃음을 지었다.

"정말이가?"

"정말이야."

호르스는 쿠로노를 물끄러미 쳐다보고는 숨을 내쉬었다.

"알긋다. 내도 힘내겠대이."

"그 마음가짐이야."

쿠로노는 호르스의 어깨를 두드리고, 울타리를 점검하는 드워프에게 시선을 향했다.

"골디, 고생이 많네. 울타리 상태는 어때?"

"완벽합니다."

드워프 백부장—— 골디는 쿠로노를 향해 돌아서서 말했다.

"그런데도 점검하는 거야?"

"버릇 같은 겁니다."

"버릇?"

"그렇습니다. 옛날부터 뭔가 하고 있지 않으면 진정이 되질 않는지라."

"뭐, 적당히 하도록 해."

"알고 있습니다."

쿠로노는 골디의 어깨를 두드리고는 울타리 사이를 빠져나갔다.

울타리를 빠져나간 너머에는 리자드맨—— 미노타우로스에 필적하는 거구의 아인이 있었다.

겉모습은 이족보행 하는 도마뱀이라는 느낌이다. 백부장 중 한 명, 리저드다.

"리저드, 몸은 어때?"

"……."

리저드는 말이 없었다. 쿠로노를 내려다본 채 뱀처럼 혀를 날름거리고 있다.

아니, 잡아먹을 생각을 하는 건 아니겠지만…….

"리저드는 잘 지내나요? 배는 고프지 않나요?"

쿠로노는 제스처를 섞어 리저드에게 물었다.

"대장, 어째서 경어임까?"

"아니, 왠지 모르게."

"……적."

리저드가 중얼거리자, 쿠로노는 숲 안쪽에 시선을 향했다.

다섯 기의 기병이 숲 안쪽에서 모습을 드러냈다. 가죽 갑옷을 입은 걸 보면 적의 척후일 것이다.

"……대장?"

"정보를 줄 순 없으니, 내가 처리할게."

"다리가 떨리고 있습다."

"첫 실전이라 흥분해서 그런 거로 쳐줘."

쿠로노는 기병을 향해 천천히 걷기 시작했다. 심장이 빠르게 고동치고, 소강상태를 유지하고 있던 위가 다시 아파지기 시작했다. 울타리에서 나간 지점에서 멈춰 서서 기병을 노려봤다.

"……내, 내 이름은."

목소리가 한심할 정도로 떨렸지만, 여기까지 왔으면 각오를 굳힐 수밖에 없다.

"내 이름은 쿠로노! 클로드 크로포드 남작의 첫째! 그대를 이름 있는 기사라 보았다! 잡병의 손에 죽는 건 후대까지의 수치, 일대일로 승부를 겨룰 것을 희망한다!"

쿠로노가 검을 뽑자, 적 한 명이 말을 몰고 앞으로 나왔다.

"내 이름은 아우크리시아! 귀공의 요청에 응하도록 하지!"

그렇게 말하고 적 기병—— 아우크리시아는 속도를 올리며 돌진해 왔다.

기마가 최고 속도에 달한 순간, 아우크리시아는 어이없게 뒤로 낙마했다.

아마도 본인도 무슨 일이 일어났는지 알지 못하리라.

그는 함정── 머리 높이에 설치된 줄에 걸린 것이다.

"이, 이 비겁한 놈이!"

"일대일 승부를 제안해 놓고서 속임수를 쓰다니 귀족으로서 있을 수 없는 소행!"

"그 죄, 만 번 죽어 마땅하다!"

"우리 손으로 갈기갈기 찢어 주마!"

네 사람은 제각기 외치고는 쿠로노를 향해 돌진해 왔다. 어려움 없이 줄을 빠져나와──.

"지금이다!"

쿠로노가 외치자, 지면에서 무수한 말뚝이 튀어나왔다.

기병 네 기는 속수무책으로 말뚝에 꿰뚫렸다. 아마 모두 즉사했으리라.

"시로, 하이이로, 수고했어."

쿠로노가 한숨을 내쉬며 말하자, 두 수인이 덤불에서 얼굴을 내밀었다. 한쪽은 하얗고, 다른 한쪽은 회색이었다. 두 사람 모두 늑대 수인이지만──

"쿠로노 님, 우리, 힘냈어."

"우리, 제일 먼저 공적 세웠어."

눈을 반짝이며 이쪽을 보는 모습이 영 강아지 같았다.

조금 더 백부장다웠으면 하지만, 명령에 순종적이니 넘어가자.

"수고했어. 또 부탁할게."

"알았어."

"우리, 힘낼 거야."

두 사람은 그렇게 말하고는 덤불에 숨었다.

"……후우."

"어떻게든 됐군요."

쿠로노가 큰 한숨을 내쉬자, 미노가 말을 건넸다.

"시로와 하이이로 덕분에 살았어."

"정말로 일대일로 싸우려는 건가 싶었습니다."

"나는 그런 바보가 아니야."

"귀족의 긍지에 걸고, 같은 분위기를 기대했는데 말입니다."

"나도 멋지게 싸워보고 싶긴 하지만, 그랬다가는 죽는다고."

귀족의 긍지로 이길 수 있다면 그러겠지만, 정신력만으로 이길 수는 없다.

"시체는 어쩌시겠습까?"

"적이 보고 겁먹을 수도 있으니 놔둬도 괜찮아."

"이쪽의 속셈이 발각되지 않겠습까?"

"오히려 좋아. 이곳저곳에 함정이 설치되어 있다는 걸 알면 섣불리 움직일 수 없을 테니까."

"그렇게 잘 풀리겠습까?"

"잘 안 되면 임기응변으로 대처해야지."

어떻게든 버텨야지, 하며 쿠로노는 숲 안쪽을 바라봤다.

※

쿠로노는 야전 진지 후방에 서서 부하들을 바라봤다. 리저드와 호르스는 대형 아인을 이끌고 울타리 사이에, 골디는 부하와 함께 울타리 뒤편에 진을 치고 있었다.

한층 더 뒤쪽에는 레오가 이끄는 수인이 대기하고 있었다. 참고로 시로와 하이이로는 샛길 옆의 덤불에 숨어 있기에 보이지 않았다.

"대장, 왔습다."

"——!"

숲을 보니 수많은 인간이 이쪽을 향해 오고 있었다. 평범한 인간이 아니다. 적이다.

갑옷을 입고, 무기를 손에 든 살인자 무리다. 그들의 행렬은 숲 안쪽까지 이어져 있었다.

쿠로노는 그 박력에 압도당할 뻔했지만, 어찌어찌 그 자리에 버티어 섰다.

적 보병이 둘로 나누어졌고, 말에 탄 남자가 걸어 나왔다.

"대장, 곤란하게 됐습다."

"뭐가?"

"저건 이그니스임다."

"이그니스?"

"군인이면서 이그니스 장군을 모르는 검까?"

쿠로노가 되묻자, 미노는 놀란 듯이 눈을 휘둥그레 떴다.

"유명해?"

"이그니스 포멀하우트 장군, 진홍(眞紅)이자 파괴를 관장하는 전신(戰神)의 신위술사(神威術士)입다. 제가 전에 소속되었던 대대는 이그니스 한 명에게 괴멸적인 손해를 입었습죠."

"어쩐지 뜨거울 것 같은 이름이네."

"뜨겁다는 정도가 아닙다. 이그니스 장군한테 걸리면 뼈까지 재가 되어 버리지 말입다."

"뼈까지 재인가."

"대장, 설마——"

"아니야, 신위술이 뭔지는 알고 있어."

쿠로노는 미노의 말을 가로막았다.

신위술이란 여섯 신—— 불, 물, 흙, 바람, 빛, 어둠을 관장하는 신의 힘을 빌린 술법이다.

공격, 방어, 치료 등 불가능한 것이 없는 게 아닐까 싶을 정도로 범용성이 높다.

한편으로 같은 술법—— 예를 들어 치유의 술법이라도 신앙하는 신에 따라 술법의 효과에 차이가 생기거나 과도한 사용으로 인해 인격이 파괴되는 등, 부작용도 있다.

"어쩌실 겁까?"

"맞서야지."

"대장, 제 이야기를 안 듣고 있었습까?"

"이그니스 장군이 위험하다는 건 알았지만, 여기서 등을 보이는 게 더 위험해. 다행히 주위는 숲이니, 아군이 말려들 거친 공격은 하지 않겠지."

쿠로노는 기도하는 듯한 마음으로 이그니스를 바라봤다.

만약 예상과 달리 이그니스가 부하를 희생해도 상관없다고 생각하고 있다면 손을 쓸 방법이 없다. 이 싸움은 순식간에 끝날 거다.

이그니스를 얼마 정도 쳐다보고 있었을까.

5분도 채 되지 않을 터이지만, 쿠로노에게는 더욱 길게 느껴졌다.

적 병사가 움직였을 때, 쿠로노는 마음속으로 쾌재를 외쳤다. 그건 미노도 마찬가지였을 터다.

"활을 겨눠라!"

하지만 역시나 베테랑이라고 해야 할지, 미노는 재빠르게 지시를 내렸다.

드워프가 이쪽으로 달려오는 적병에게 화살을 쐈다.

본직 궁수에는 미치지 못하지만, 이만큼 거리가 가까우면 기량 같은 건 상관없다.

화살 세례를 받고 적 병사의 움직임이 둔해졌지만, 그것도 길게는 이어지지 않았다.

적 병사가 마음을 다잡고 밀어닥쳤다.

"창으로 교체하는 겁니다!"

골디가 외치자 드워프들은 무기를 창으로 바꿔 들었다.

"창을 내찌르는 겁니다!"

드워프들이 일제히 창을 내찔러 울타리를 기어오르려 하던 적 병사를 꿰뚫었다.

비명과 함께 적 병사가 잇따라 울타리에서 떨어졌다.

울타리를 오르는 건 어렵다고 판단했는지, 적 병사가 울타리 틈새로 쇄도했다.

"이, 이짝으로 오지 말그래이!"

"……."

호르스와 리저드가 곤봉을 휘두르자 짧은 비명이 일고, 적병이 날아갔다.

두 사람의 부하도 적을 도륙해 나갔지만――.

"뚫렸대이!"

호르스가 비명 같은 소리를 냈다.

적 병사가 울타리 틈새를 빠져나간 것이다. 그대로 일직선상으로 쿠로노를 향해 다가왔다.

복장이나 서 있는 자리로 보아 쿠로노가 지휘관이라는 걸 간파한 모양이었다.

"맡겨라!"

레오가 창을 투척했다. 창을 일직선으로 힘차게 나아가 적 병사의 목을 꿰뚫었다.

적은 곧 인형 실이 끊어진 것처럼 그 자리에 쓰러졌다.

적병을 동정하진 않았다. 그것보다 작전이 순조롭게 진행되고 있다는 안도감이 더 강했다.

이대로 작전이 진행되었으면 하고 기도한 그때, 이그니스가 외쳤다.

"울타리를 우회하여 협공하라!"

적 병사는 이그니스의 명령을 곧바로 실행할 수 없었다. 울타리를 우회하기 위해서는 덤불을 헤치고 들어가야만 한다. 무엇이 숨어 있을지 알 수 없다. 그 공포가 적 병사를 주저하게 만든 것이다.

하지만——.

"에에잇! 될 대로 되라지!"

"신의 가호를!"

"해주겠어!"

한 명이 뛰어들자, 적 병사는 잇따라 덤불에 뛰어들었다. 깊은 덤불을 좌우로 헤치듯이 나아갔다.

"괜찮아! 아무것도 없——!"

적 병사는 마지막까지 말할 수가 없었다. 머리 위에서 통나무에 떨어져 찌부러진 것이다.

함정에 당한 전우에게 달려가는 사람은 없었다. 자신도 같은 꼴을 당할지도 모른다는 공포가 움직임을 막고 있었다.

덤불이 공포를 부추기는 것처럼 흔들리고는 곧바로 움직임을 멈췄다. 팽팽히 긴장된 공기 속에서—— 적 병사 중 한 명이 작게 숨을 내쉬었다. 그 순간, 두 개의 팔이 적 병사를 덤불 안으로 끌어당겼다.
“기익, 히이이이익!”
머리카락이 쭈뼛해질 것만 같은 절규가 숲에 울려 퍼졌다.
덤불이 격렬하게 흔들리고 타격음이 울렸다. 거기에 끈적이는 소리가 섞였다.
“뭐, 뭔가 있다!”
덤불에 숨어 있는 건 시로와 하이이로가 이끄는 수인들이다.
냉정하게 생각하면 매복이 있다는 걸 알 테지만, 이 혼란 속에서 그건 어려운 일이었다.
“도망쳐!”
적 병사는 앞다투어 달아나기 시작했지만, 어떤 자는 함정에 걸리고 어떤 자는 덤불 속으로 끌려 들어갔다.
그리고 정적이 찾아왔다.
덤불이 바사삭 흔들리고, 샛길에서 대기하고 있던 적 병사들에게 손이, 다리가, 머리가 쏟아져 내렸다.
“히, 히이이이이익!!”
아는 사람의 시체라도 발견했는지, 적 병사가 비명을 질렀다.
과감하게 울타리를 돌파하려 했던 적 병사의 움직임 역류했다. 아니, 역류할 뻔했다.
“진홍이자 파괴를 관장하는 전신이여!”
이그니스가 외치자, 불꽃이 적 병사의 머리 위에서 부풀어 올랐다.

불꽃은 곧 꺼졌지만, 혼란을 잠재우기에는 그걸로 충분했다.

"진정해라, 숫자는 우리가 훨씬 많다. 두려워할 것 없다."

이그니스는 조용한 목소리로 말을 건넸다.

"밀어붙여라!"

오오오오오! 하고 적 병사가 우렁차게 소리를 질렀다.

※

"하압!"

드워프가 울타리를 오르는 적 병사에게 창을 내찔렀다.

적 병사는 한순간 움직임을 멈추긴 했으나, 울타리를 오르고자 손을 뻗었다.

"하앗!"

"끄악!"

골디가 밑에서 창을 찌르자, 적 병사는 짧은 비명을 지르고는 울타리에서 떨어졌다.

"날이 무뎌지면 창을 교환하는 겁니다!"

골디가 쉰 목소리로 지시를 내렸지만, 신음과 잘 구별이 되지 않는 대답이 돌아올 뿐이었다.

드워프들은 그만큼 지쳐 있었다.

"꺄아아아악!"

새된 비명이 울렸다. 여성 드워프 병사의 비명이었다.

여성 드워프 병사는 적 병사가 울타리 너머로 내찌른 창에 허벅지를 꿰뚫렸다.

"젠장! 잘도!"

옆에 있던 드워프가 창으로 적 병사의 목을 꿰뚫었다.

"헤헤, 꼴 좋──!"

"동료의 복수다! 더러운 아인 놈들!"

드워프는 죽인 적 병사와 마찬가지로 목을 찔려 쓰러졌다.

"이짝으로 오지 말그래이!"

호르스가 비명을 지르며 곤봉으로 적 병사를 날려 버렸다. 적 병사는 곧바로 일어나서 호르스를 향해 달렸다. 무기는 가지고 있지 않았다. 곤봉에 맞아 날아갔을 때 떨어뜨린 것이다.

"이짝으로 오지 말라 캤다!"

호르스는 마구잡이로 곤봉을 휘둘렀지만, 적 병사는 공격을 빠져나가 몸통 박치기를 했다.

무기를 떨어뜨려 자포자기한 것인가. 아니, 그렇지 않았다.

"히갸아아아아아악!"

호르스가 이 세상의 끝을 연상케 하는 비명을 질렀다.

적 병사가 나이프로 허벅지를 찌른 것이다.

"이거 놓── 갸아아아아악!"

호르스가 다시 비명을 질렀다. 적 병사가 나이프를 비집어 상처를 벌린 것이다.

"무, 무오오오오오!!"

호르스는 소 같은 비명을 지르고는 억지로 적 병사를 떼어 내서 지면에 패대기쳤다.

그리고 다리를 내리찍었다. 둔한 소리가 간헐적으로 울리고, 그때마다 적 병사의 몸이 뭉개져 갔다.

"……."

리저드는 호르스가 반 광란 상태로 싸우고 있는 사이에도 말없이 적 병사를 도륙하고 있었다.

그 몸은 주인 모를 피로 범벅이 되어 있다.

"이 도마뱀이이이!"

적 병사가 창을 거머쥐고 돌진했다. 리저드는 창을 붙잡고는 곤봉을 내리쳤다.

둔한 소리가 울렸지만, 곤봉이 깨부순 건 머리가 아니라 어깨였다.

"우오오오오!"

어깨가 부서진 적 병사는 창에서 손을 떼고는 리저드에게 매달렸다.

리저드는 성가신 듯이 떼어 내려 했지만, 떼어 낼 수 없었다.

"지금이다!"

"동료의 원수———!!"

적 병사가 검을 치켜들며 리저드를 향해 돌진했다.

리저드는 스스로 다가가 적 병사의 손목을 붙잡았다.

"됐어! 양손이 막혔다!"

"누가, 누가 와서——!"

리저드가 손을 떼자, 검을 들고 있던 적 병사는 그 자리에 쓰러졌다.

목덜미에서 기세 좋게 피가 뿜어져 나오고 있다. 리저드가 목의 살점을 물어뜯은 것이다.

리저드는 입을 우물우물 움직여 살점을 뱉어냈다.

"이, 이 괴무——!"

리저드가 팔을 휘두르자 적 병사는 그대로 떨어져 바닥을 굴렀다.

황급히 일어서려고 했지만, 그보다 리저드의 곤봉이 먼저 들이닥쳤다.

"뚜, 뚫렸대이!"

"마, 맡겨라!"

무사히 울타리를 빠져나간 적 병사가 쿠로노에게 육박했다.

레오가 필사적으로 쫓아갔지만, 상당히 지쳐 있는지 거리가 좀처럼 줄어들지 않았다.

"크, 오오오오!"

레오는 지면을 박차 적 병사에게 매달렸다. 적 병사가 쓰러지고——.

"마무리올시다!"

호랑이 수인이 검을 내리쳤다.

"잘했다, 타이가."

"당연한 일을 한 것뿐이올시다."

레오는 호랑이 수인—— 타이가의 어깨를 빌리며 원래 장소로 돌아갔다.

"역시, 힘든가."

"용케 버티고 있긴 함다."

쿠로노가 중얼거리자, 미노는 떨떠름함이 배어 나오는 어조로 말했다.

부하들은 잘 싸우고 있지만, 전황은 악화 일로를 걷고 있었다.

다소 궁리를 한 것으로는 전황을 뒤집을 수 없다. 전선이 단숨에 와해할 수도 있다.

"시로와 하이이로를 도로 불러들일까? 아니, 발각되면 그거야말로 곤란해."

복병이 있다는 걸 알고 있기에 적은 울타리를 돌파하려 하는 것이다.

"어쩌지?"

쿠로노가 자문한 그때, 적 병사가 리자드맨 옆을 달려 빠져나갔다. 리자드맨이 적 병사를 눈으로 좇았지만, 그게 패착이었다. 적 병사는 그 틈을 놓치지 않고 일제히 창을 내찔렀다.

리자드맨은 몸이 꿰뚫려 그 자리에 쓰러졌다.

"커버해!"

쿠로노는 외쳤지만, 커버할 부하가 없었다. 적 병사가 전선에 난 구멍으로 밀어닥쳤다.

"대장!"

"알았어! 서둘러!"

미노가 전선에 뚫린 구멍을 메우고자 달렸다.

실질적인 지휘관을 전선에 투입하는 건 악수지만, 전선을 유지해야만 했다.

미노는 폴 액스로 적 병사를 쓸어버리며 돌진하여 전선에 난 구멍을 막았다.

"……다행이야."

"캥!"

쿠로노가 가슴을 쓸어내린 직후, 비명이 일었다.

안 좋은 예감, 아니, 확신이 들었다.

구멍을 막기 전에 울타리를 돌파한 적 병사는 어떻게 되었을까. 미노는 모든 적 병사를 쓰러뜨렸을까?

돌파한 적 병사는 부하가 대처하고 있을 텐데――.

쿠로노가 비명이 난 쪽을 보니, 검에 목을 꿰뚫린 수인이 쓰러져 있었다.

수인이 몸을 젖혔지만 그건 자발적인 행동이 아니었다.

이미 죽었으니까. 검에 목을 꿰뚫리고 살아있을 수 있는 생물은 없다.

그건 적 병사가 수인의 목에 꽂힌 검을 뽑으려 한 탓이었다.

"――――!"

누군가가 외쳤다. 대체 누가 외친 것일까. 적 병사였는지, 쿠로노였는지. 부하 중 한 명이었을지도 모르겠다. 의미가 없는 의문이었다. 의미가 없는 정도가 아니라 방해였다.

몇 초를 허비하는 바람에 검을 뽑지 못했으니까.

적 병사가 검을 내리쳤고——.

"아, 아아아아아악!"

쿠로노는 비명을 지르며 그 자리에 엉덩방아를 찧었다. 오른쪽 눈이 뜨거웠다. 열이 오른쪽 눈에서 넘쳐났다.

오른쪽 눈을 누르며 고개를 드니 적 병사가 검을 치켜들고 있었다.

웃는 건지 화내는 건지 모를 표정을 띠고 있다.

"이, 망할!"

쿠로노가 그의 사타구니를 발로 차올리자, 적 병사는 고통에 검을 놓쳤다.

"처, 천추신악(天樞神樂)!"

쿠로노가 외치자 이해할 수 없는 언어가 폭포처럼 시야에 흘러내렸다.

관자놀이에 둔통이 내달렸다. 뇌의 무의식 속에 새겨진 마술식이 움직이는 것이다.

피투성이가 된 오른손을 내밀자, 농구공만 한 칠흑의 구체가 손 앞에 생겨났다.

이것이 쿠로노가 쓸 수 있는 유일한 마술이었다.

마술은 생물이 태어나면서부터 지닌 힘—— 마력을 물리 현상으로 전환하는 기술이다.

마술을 효과적으로 다루기 위해서는 훈련이 필요하지만, 마술식을 이해할 필요는 없다.

속성이 일치한다면 마술식을 알기만 해도 쓸 수 있다.

그렇기는 해도, 그걸 위해서는 약물을 이용해야 하지만.

"가라!"

쿠로노가 손바닥을 향하자, 칠흑의 구체는 적 병사를 향해 날아갔다.

적 병사는 검을 주워들어 휘둘렀지만, 칼날은 칠흑의 구체를 그냥 빠져나가고 말았다.

칠흑의 구체는 적 병사의 머리를 뒤덮었고, 쿠로노는 오른손을 꽉 쥐었다.

그 순간, 칠흑의 구체가 적 병사의 머리와 함께 소멸했다.

아니, 전이했다고 해야 할지도 모른다. 천추신약은 전이 마술이니까.

머리를 잃어도 사체는 쓰러지지 않았다.

마치 머리를 잃은 사실이 몸에 전달되지 않은 것만 같이.

그런 생각을 했을 때, 굉음이 울렸다.

기적적으로 유지되고 있던 균형이 무너지고, 사체가 옆으로 쓰러졌다.

소리가 난 쪽을 보자 숲 안쪽에서 거대한 불기둥이 솟아오르고 있었다.

불기둥이 단속적으로 솟아올라 적 병사가 움직임을 멈췄다.
그건 이그니스도 예외는 아니었다. 천재일우의 기회였다.
"천추신악!"
쿠로노는 일어나서 마술을 쐈다.
칠흑의 구체가 적병 사이를 빠져나가 이그니스에게 돌진했다.
"진홍이자 파괴를 관장하는 전신이여!"
이그니스가 검을 뽑아 외치자 칼날이 진홍빛을 발했다.
축성인(祝聖刃)―― 공격력을 강화하는 신위술이다.
이그니스는 쓸어버리는 것처럼 검을 휘둘렀지만, 칠흑의 구체는 어려움 없이 칼날을 빠져나갔다.
이그니스가 경악으로 눈을 크게 떴다. 이 칠흑의 구체는 빛 같은 성질이다.
제아무리 신위술이라도 빛을 베는 건 불가능했다.
"이걸로 끝이다!"
쿠로노는 주먹을 꽉 쥐었다. 칠흑의 구체가 소멸하자 이그니스의 오른팔이 지면에 떨어졌다.
아니, 오른팔뿐이었다. 이그니스는 천추신악이 위력을 발휘하기 직전에 몸을 비튼 것이다.
기가 막히는, 아니, 경탄할 만한 위기 감지 능력이었다.
이그니스의 오른팔 단면에서 피가 뿜어져 나왔다.
악몽 같은 광경이지만, 이그니스는 숲 안쪽에서 솟아오르는 불기둥을 보고 있었다.

"……신이시여."

이그니스가 작게 중얼거리자, 진홍빛이 상처를 뒤덮었다.

출혈량이 눈에 띄게 줄어들었지만, 완전하게는 멎지 않았다.

진홍이자 파괴를 관장하는 전신은 그 이름대로 파괴를 다스리는 신이다.

상처를 치유하는 힘은 여섯 신 중에서도 가장 약하다.

"신이시여!"

상처에서 하얀 연기가 오르고 출혈이 멎었다. 상처를 불로 지져 출혈을 멈춘 것이다.

쿠로노는 이그니스의 행동에 공포마저 느꼈다.

팔이 뜯겨 나갔다고 해서 상처를 불로 지지는 인간이 어디에 있나.

인간은 도마뱀이 아니다. 팔을 고칠 가능성이 있다면 거기에 집착할 것이다.

아직 싸울 생각인지, 이그니스가 이쪽에 시선을 향했다.

쿠로노는 이를 악물고 어찌어찌 그 자리에 버티어 섰다. 바보 같은 발상이라고 생각하지만, 눈을 피하면 덮쳐 올 것만 같은 느낌이 들었다. 서로 노려보는 상태가 계속되고——.

"돌격! 돌격!!"

"우리, 무사!"

시로와 하이이로가 이끄는 수인이 덤불에서 뛰쳐나왔다.

"젠장! 복병이다!"

"어째서?!"

"뭐가 어째서야! 적이 숨어 있다는 건 알고 있었잖냐!"

피가 튀고 고함이 소용돌이쳤다. 수인들이 적을 압도하고 있었다. 아니, 압도하고 있는 것처럼 보였다. 하지만 이건 매복의 효과일 뿐, 적이 냉정해지면 효과를 잃는다.

"——퇴각하라! 전하를 지키는 거다!!"

이그니스는 쥐어짜 내듯이 말하고는 말머리를 돌렸다. 적 병사가 한 걸음, 또 한 걸음 후퇴했다.

"합!"

이그니스가 말을 달리자, 적 병사는 튕겨나다시피 도망치기 시작했다.

"추격은……."

쿠로노는 주위를 둘러봤다. 부하들은 서 있는 게 고작 같았다. 자리에 주저앉아 있는 자도 적지 않았다.

"……불가능인가."

쿠로노는 추격을 단념하고 그 자리에 주저앉았다.

"일단 작전은 성공했지만."

쿠로노가 세운 작전은 자신과 부하 100명이 적을 끌어들이는 사이에 별동대—— 엘프 궁수가 적 본진을 기습하여 적의 대장을 죽이거나 중상을 노리는 것이었다.

적의 후퇴를 보아 작전이 성공한 모양이지만, 밝은 기분이라고는 하기 어려웠다.

오른쪽 눈이 보이지 않았다. 수많은 부하가 죽었다.

"……이게 내 첫 전투인가."

어찌해도 암담한 기분을 억누를 수 없었다.

※

"대장, 괜찮습까?"

"오른쪽 눈이 못쓰게 된 것 이외에는."

쿠로노는 통나무에 걸터앉아 머리를 쥐어뜯었다. 좁아진 시야로 전장을 바라보니, 무수한 시체가 나뒹굴고 있었다.

적의 시체가 압도적으로 많지만, 그건 아무런 위로도 되지 않았다.

"사망자는 100명 이상, 부상자는 헤아릴 수 없어."

거의 괴멸 상태였다.

시로와 하이이로가 부하를 이끌고 부상자를 간호하고 있지만, 응급처치밖에 할 수 없었다.

"나는……."

도망치지 않고 싸워 적을 물리쳤다. 잘 해냈을 터인데도 기분은 최악이었다.

쿠로노는 오른쪽 눈을 누르며 고개를 숙였지만, 목소리는 들리고 있었다. 다친 부하들의 목소리였다. 고통에 참는 목소리, 고통을 참지 못하고 울부짖는 목소리, 전우를 잃은 분노와 슬픔으로 물들여진 목소리가 쿠로노를 비난하는 것처럼 울렸다.

"부탁이니까……."

입을 다물어 달라는 말을 간신히 집어삼켰다. 부하들은 쿠로노의 명령에 따르다가 다친 것이다. 그를 원망할 권리가 있었다.

그렇다고 하더라도, 쿠로노는 도망치고 싶었다. 이런 상황을 초래하였으면서도 누군가에게 책임을 떠넘기고 싶어서 견딜 수가 없었다.

"어째서……."

이렇게 된 거지, 하고 쿠로노는 머리를 쥐어뜯었다. 좀 더 빨리 불기둥이 솟아올랐다면 이만한 피해가 나오지 않고 그쳤다. 어쩌면 엘프들은 겁을 먹고 도망치려고 했던 것일지도 모른다. 그런 망상마저 솟아올랐다.

"대장, 별동대가 돌아왔습다."

"————!"

쿠로노는 고개를 들고 일어섰다. 어두운 감정이 솟구쳐 올랐다.

별동대에서 작전을 지체시키는 행동을 취했다는 말을 끌어낼 수 있다면, 이 최악의 기분에서 벗어날 수 있다고 생각했다.

뭘 하고 있었지? 도망치려고 했던 것 아닌가?

하지만 매도—— 비열한 자기변호의 말은 나오지 않았다.

"어?"

대신에 새어 나온 것은 얼빠진 말이었다. 쿠로노는 망연히 별동대를 바라봤다.

엘프 궁수는 300명이 있었을 터인데, 눈앞에 있는 건 고작 50명 남짓이었다.

하나같이 상처가 남아 있었다. 팔이 없는 사람도, 쿠로노처럼 한쪽 눈을 잃은 사람도 있었다.

그들을 이끌어야 할 백부장 두 명의 모습은 없었고, 대신 여자 한 명이 선두에 서 있었다.

은색 머리카락과 갈색 피부를 지닌 엘프였다.

소년 같은 짧은 머리카락도, 고양잇과 육식동물을 방불케 하는 지체도 피와 진흙으로 범벅이 되어 있었다.

"……죄송합니다."

여자는 쓰러지듯 무릎을 꿇었다. 무릎을 꿇은 찰나에 상처가 벌어진 것인지, 피가 뚝뚝 떨어졌다.

"적의 압력이, 무시무시하여서."

그녀는 금색 눈동자로 쿠로노를 올려다봤다.

"나는……."

쿠로노는 부끄러운 나머지 고개를 숙였다.

엘프들은 싸운 것이다. 명령에 따라 사지로 향하여 막대한 희생을 치르고 역할을 완수했다.

그런데도 쿠로노는 자신이 져야 할 책임을 타인에게 떠넘기려고 했다.

이것이 수치가 아니고 무엇일까.

"……보고를 계속해 줘."

쿠로노는 뒤를 재촉하며 이를 악물었다. 그러지 않으면 울음을 터뜨리고 말 것만 같았으니까.

※

다음 날 오후── 원군이 도착했다. 선두에 선 사람은 백은색 갑옷으로 몸을 감싼 여기사였다.

긴 머리카락을 묶고 기사들을 이끄는 그 모습이 한 폭의 그림 같았다.

쿠로노는 통나무에 앉은 채 숨을 휴 내쉬었다.

"살았네."

"아직 살아날 거라는 보장은 없습다."

미노는 비아냥거리는 듯이 입가를 치켜올렸다.

"괜찮아."

"너무 낙관적임다."

"낙관이 아니라, 티리아는 군사학교 동기니까."

"티리아?"

미노는 시선을 들어 생각에 잠기는 것처럼 고개를 갸웃했다.

"어디선가 들었던 것 같은 느낌이 듬다만."

"황제── 라마르 5세의 딸이야."

"그렇다는 건 황녀님!"

미노는 아이고~ 하며 납죽 엎드렸다. 여기사── 티리아는 쿠로노 앞에서 말을 세웠다.
“부상자 반송과 야전 진지 구축을 서둘러라!”
티리아가 주위에 울려 퍼질 듯한 커다란 목소리로 명령하자, 아인 부하들이 일제히 숨을 내쉬었다.
아마도 부하들은 또 무모한 명령을 내리는 게 아닐까 하고 불안하게 여기고 있었던 것이리라.
알고 있었다고는 생각되지 않지만, 한 마디로 불안을 해소하는 수완은 훌륭했다.
“쿠로노, 오랜만이군.”
티리아가 씨익 웃고는 말에서 뛰어내렸다.
“한 달 하고 조금 더 만에 보는 걸까나?”
“대장! 대장!!”
미노가 납죽 엎드린 채 바짓가랑이를 잡아당겼다.
“뭐야?”
“대장, 황녀 전하이십다! 그런 태도를 보이면 목이 날아갈 거라고요!”
“괜찮다, 미노타우로스.”
티리아는 한숨 섞인 어조로 말했다.
“전황을 보고해.”
“무엇부터 이야기하면 좋을지…….”
쿠로노는 천천히 이번 일의 자초지종을 이야기하기 시작했다.
티리아는 적당한 느낌으로 맞장구를 치고 있었지만, 이그니스의 이름을 듣고 낯빛이 변했다.
“그 이그니스 포멀하우트 장군을 이긴 건가?”
“이겼다고 할까, 어찌어찌 쫓아냈다는 느낌이었는데.”
“역시나 내가 기대한 남자다! 너라면 어떻게든 해줄 거라고 믿고 있었어!”
“……그거 고맙네.”
쿠로노는 뭐라 대답해야 좋을지 알 수 없어서 머리를 숙였다.
“그 오른쪽 눈은 명예의 부상이군. 분명, 분명…… 으음, 일대일 승부는 아니었으려나.”
티리아의 흥분은 서서히 식어, 마지막에는 냉정하게 돌아왔다.
“그렇게나 대단한 사람이야?”
“당연하다! 제국이 녀석에게 얼마나 쓴맛을 봤는지!”
쿠로노가 묻자 티리아는 격한 어조로 말했다.
“대장, 이게 평범한 반응임다.”
“아니, 그래도 나는 몰랐고.”
쿠로노는 머리를 긁적였다.
“그러고 보니 에라키스 후작은?”
“녀석은 하셀에서 일을 처리하는 중이다. 시간이 걸릴 것 같았으니까 내가 먼저 왔다만…….”
“뭐야, 도망친 건 아니었구나. 그렇다는 건 리크와 부하들도 같이 있는 거야?”
“리크? 그런 녀석은 없었다만?”

"아, 그렇습니까……."

아무래도 리크와 같이 간 녀석들은 정말로 도망쳐 버린 모양이었다.

"그런데, 이번 건을 어떻게 생각하지?"

"무슨 말이야?"

"어째서 신성 아르고 왕국이 쳐들어왔는가 짐작이 있느냔 의미다."

"이그니스 장군이 전하를 지켜야 한다고 말했으니까 신성 아르고 왕국의 주도권 싸움 아니야?"

호오, 하고 티리아는 눈을 가늘게 떴다.

왕위계승자는 정해져 있어도 이를 인정하지 않는 사람은 많을 터다.

그렇기에 그들의 입을 다물게 하려고 실적을 만들고자 했다.

실제로, 전투에 이겼다는 건 최고의 실적이 된다.

"신성 아르고 왕국이 또 쳐들어오겠나?"

"10배의 병력으로도 패배했으니, 한동안은 안 쳐들어오지 않을까?"

실적을 만들기 위해 쳐들어왔다면 이번 패배로 왕자의 힘이 상당히 꺾였을 거다.

패군의 장수인 이그니스의 평가도 현격히 저하될 터.

"자기들끼리 서로 발목을 붙잡아 준다면 만만세지만……."

"그건 과한 기대다."

그건 그렇고, 하며 티리아는 쿠로노를 바라봤다.
"왜 그래?"
"역시 머리가 좋군."
"바보 취급하는 거야?"
"칭찬하는 거다. 이그니스 장군의 이름도 모르면서, 단 한 마디로 상황을 파악해 버렸으니까 말이야."
"보통이라고 생각하는데……."
"그걸 보통이라고 말해 버리는 게 너의 재미있는 점이지."
티리아는 후후 웃었다.
"황녀 전하! 천막이 준비되었습니다!"
"……으윽."
기사가 큰 목소리로 외치자 티리아는 작게 신음했다.
"뭐, 나머지 일은 내게 맡기고 하셀에서 느긋하게 쉬어라."
"그전에 부탁이 있어."
"뭐지?"
"에라키스 후작에게 편지를 한 통 써 줬으면 해."
흠, 하고 티리아는 고개를 끄덕인 뒤 다친 병사들을 바라봤다.
"과연. 부하를 저버린 남자가 그들을 극진히 간호해 줄 것 같진 않군."
"뭐, 그런 거지."
쿠로노는 휴, 하고 숨을 내쉬었다.
"오해의 여지가 없도록 확실하게 써 주마."

"고마워."
"약삭빠른 녀석이라니까. 곧바로 편지를 쓸 테니 기다리고 있도록."
티리아는 그렇게 말하고는 발걸음을 되돌렸다.
"저는 부하의 상태를 보고 오겠습니다."
"뭔가 도울 일은?"
"대장은 쉬고 계십쇼."
미노는 일어나서 부하가 있는 곳으로 향했다.
쿠로노는 통나무에 앉은 채 주위를 둘러봤다. 주위에서는 티리아가 데리고 온 병사들이 바쁘게 뛰어다니고 있었다. 상황이 변하기 시작하면 신참 사관이 할 수 있는 일은 없다.
"……3년인가."
쿠로노── 쿠로노 히사미츠는 작게 중얼거렸다.
이 세계에 오고 나서 3년이 지났다.
당시는 어찌할 바를 몰랐지만, 운 좋게도 크로포드 남작 부부의 도움을 받았다.
더욱이 행운이었던 건 두 사람이 통역용 매직 아이템을 가지고 있었던 점이다.
통역용 매직 아이템이 없었다면 더듬거리며 언어를 습득해야 했겠지.
"이 세계에서 내가 할 수 있는 일이 있을까?"
치트는 없고, 있는 건 의무교육 수준의 지식뿐이었다.

쿠로노는 깊게 한숨을 내쉬고는 하늘을 올려다봤다.

제 2 장 『고발』

제국력 430년 5월 중순――.

"역시 안 보이네."

쿠로노는 병실 천장을 올려다보며 암담한 기분으로 중얼거렸다.

의사는 고위 신위술이라면 치료할 수 있다고 말했지만, 제국에는 신위술사가 그리 많지 않다.

고위 신위술을 쓸 수 있는 실력자는 더더욱. 사실상 실명 선고나 마찬가지였다.

"슬슬 미련을 버려야겠어."

신성 아르고 왕국을 격퇴하고 나서 이미 일주일이 지났다.

재침공의 징후가 없다고는 해도, 언제까지고 질질 끌고 있을 수는 없는 노릇이었다.

"……일어날까."

쿠로노는 침대에서 내려와 검은색을 기조로 한 군복으로 갈아입었다.

망토를 걸치고 병실에서 나가자 미노가 복도에 서 있었다.

"대장, 좋은 아침입다."

"좋은 아침."

"오늘은 어쩌시겠슴까?"

"어제랑 똑같이…… 부하 문병이야."
"그러면 저도 같이 가겠습다."
"고마워."
쿠로노는 미노를 데리고 문이 늘어선 복도를 걸었다.
병원은 석조 건물로 2층이 개인실, 1층이 1백 가까이 되는 침대가 늘어선 홀로 되어 있다.
하지만 이래도 부상자를 모두 수용할 수 없어 여관을 빌려야 했다.
복도 모퉁이에 있는 계단을 내려가자 웅성거리는 소리가 들려왔다.
"오늘도 기운차 보이네."
"죄송함다. 떠들 기운이 있는 녀석은 퇴원시키겠습다."
"됐어. 당연한 권리니까 느긋하게 지내게 해."
"감사함다."
쿠로노가 홀에 들어가자 웅성거림이 딱 멎었다. 부하들은 움직임을 멈추고 이쪽을 보고 있다. 침대에 누워 있는 자도 있지만, 돌아다니는 자도 나름대로 있었다.
"그대로도 괜찮아."
부하들이 어색하게 움직이기 시작했다. 그런 그들을 곁눈질로 보면서 근처에 있는 침대로 가까이 다가갔다. 그러자 침대에 누워 있던 엘프 소녀가 몸을 움찔 떨었다.
긴 금발을 왼쪽으로 묶은 소녀였다. 엘프는 이목구비가 반듯하여 차가운 인상을 주는 경우가 많지만, 눈앞에 있는 소녀는 귀여운 얼굴을 하고 있었다.

이만큼 귀여우면 인상에 남을 법도 한데, 신기하게도 쿠로노의 기억에는 남아 있지 않았다.

"너와 이야기하는 건 처음이려나?"

"기분 전환 삼아 밖에 나갈 때도 있는 것 같은. 화, 화장실에 가는 경우도 종종 있고."

"그렇구나. 물을 필요까지도 없을지 모르겠지만, 몸 상태는 좀 어때?"

"더, 덕분에 건강한 것 같은!"

"그래."

"———! 아, 아니, 조금, 아직 상처가 아프고! 조금 더 요양이 필요하고!"

엘프 소녀는 숨을 삼키며 연기하는 티가 나게 배를 눌렀다.

"그럼 천천히 치료하도록 해."

"잘 알 것 같은!"

쿠로노가 발걸음을 되돌리자 뒤에서 "휴우" 하고 숨을 내뱉는 소리가 들려왔다.

"자, 다음은."

쿠로노는 시선을 이리저리 돌려보고 골디가 누워 있는 침대로 향했다.

"골디, 몸 상태는 어때?"

"제법 괜찮아졌습니다."
상처가 아픈지 골디는 얼굴을 찌푸리면서 몸을 일으켰다.
"아직 힘들어 보이네."
"이곳저곳 다쳤으니까 말이죠. 하지만 손도, 다리도, 눈도 무사합니다."
쿠로노는 말의 속뜻을 알 수 없어 고개를 갸웃했다.
"저는 제 공방을 여는 게 꿈입니다."
"아아, 그런 말인가."
대장장이는 눈과 다리를 혹사한다고 들은 적이 있다.
과연, 대장장이를 목표로 하고 있다면 신경 쓰이는 게 당연했다.
"아, 그럼 언젠가는 퇴역하는 거야?"
"자금을 벌어야만 하니까 말입니다. 5년 후가 될지, 10년 후가 될지. 뭐, 그때까지 살아남지 못하면 말할 거리도 못 됩니다만."
골디는 그렇게 말하고는 웃었다.
"그런가. 골디가 공방을 열면 내 무기를 만들어 줘. 적정 가격으로 살 테니까 말이지."
"빈틈이 없으시군요."
"축의금 가격으로 살 수 있을 정도로 유복하지 않아서."
골디가 쓴웃음을 짓고 쿠로노는 어깨를 으쓱였다.
"알겠습니다."
"고마워. 그럼 내 무기를 위해서도 느긋하게 쉬도록 해."
"그럼 말씀대로 하지요."

골디가 얼굴을 찡그리며 침대에 눕고, 쿠로노는 통로로 돌아왔다.

다시금 주위를 둘러보자 부하들은 고개를 돌리거나 숙였다.

어쩔 수 없이 레오, 호르스, 리저드가 누운 침대로 향했다.

동족끼리는 여전히 구별할 수가 없었지만, 침대가 있는 장소는 기억했다. 우선은 레오부터다.

"문병 왔어. 몸 상태는 좀 어때?"

"어제랑 같다. 미안하지만 싸울 수 있게 될 때까지 당분간 시간이 걸린다."

"조금 의외네."

"뭐가 말이지?"

"레오는 억지로라도 일어설 것 같은 느낌이 들었으니까."

"나는 전사다."

레오는 천장을 올려다본 채 중얼거리듯이 말했다.

"자신의 상태를 파악하는 건 전사에게 중요한 능력 중 하나다. 자신의 상태를 파악하지 못하면 시간 벌이도 할 수 없어."

"그건 여긴 내게 맡기고 먼저 가라, 같은 상황?"

"그런 거다."

웃고 있는 건지 레오는 엄니를 드러냈다.

"그건 그렇고…… 여기는 내게 맡기고 먼저 가라, 인가. 정말이지 흥분되는 대사군."

"나도 동감이다만, 그런 상황은 피하고 싶어."

애초에 쿠로노로서는 적을 막는 건 불가능하겠지만.

“나도 마찬가지다. 하지만 최악의 상황을 상정해 둘 필요는 있어.”

“뭐, 나도 그런 상상은 한 적이 있지만.”

“호오, 쿠로노 님은 전사로군.”

“나만 그런 건 아니라고 생각하지만 말이야.”

중학교 2학년쯤 무렵에는 그런 망상을 하며 가슴이 뜨거워지곤 했다.

젊은 시절의 치기── 중2병이었다.

“…….”

“왜 그래?”

갑자기 레오가 입을 다물었기에 말을 건넸다.

“……쿠로노 님, 미안했다.”

“미안하다니, 뭐가?”

“오른쪽 눈 말이다. 곧장 사과하려고 생각했지만, 오늘이 되어 버렸다.”

“아아, 이건 어쩔 수 없는 일이었잖아?”

“아니, 내가 더 강했으면 막을 수 있었다. 다음에야말로 쿠로노 님을 끝까지 지켜 보이겠다.”

“고마워.”

이제 두 번 다시 이번 같은 꼴은 겪고 싶지 않지만, 마음은 받아 두어야 하리라.

"그러면 나는 자겠다. 한시라도 빨리 상처를 치유하고 싶으니 말이야."

"그래, 푹 쉬어."

"아아, 쿠로노 님도 푹 쉬기를."

레오는 눈을 감고 곧바로 편안한 숨소리를 내기 시작했다. 쿠로노는 깨우지 않도록 통로로 돌아가 호르스가 있는 곳으로 향했다.

"우우, 아프대이."

"여전히 기운이 없어 보이네."

눈물이 글썽한 눈으로 신음하는 호르스를 보며 중얼거렸다.

"호르스, 대장이 문병하러 와주신 거다. 빠릿하게 행동해라, 빠릿하게."

"그래 말해도 내는 이곳저곳이 아프대이."

미노가 질타하자 호르스는 눈물을 뚝뚝 흘렸다.

"괜찮아, 미노 씨. 호르스는 힘냈으니까 말이야."

"글타글타, 내는 힘냈대이."

쿠로노가 감싸자 호르스는 갑자기 우쭐댔다.

"대장, 어리광을 받아 주고 있다간 호르스를 위한 일이 되지 않습다."

"실은 나도 조금은 그렇게 생각했어."

"너무하대이! 나한테 더 상냥하게 대해 달래이!"

"상냥함을 달라고 하면 주던 것도 없어질 것 같은데."

원조와 비슷할지도 모른다.

선의로 원조하고 있는데 더 도와 달라는 말을 들으면 넌덜머리가 날 수도 있다.

"리저드는…… 여느 때처럼, 얌전하네."

"예입, 호르스한테 좀 본받으라고 해주고 싶을 정도임다."

옆 침대를 보니 리저드는 몸을 일으켜 가만히 정면을 보고 있었다.

"리저드는 괜찮아?"

"…………졸리다."

리저드는 꽤 뜸을 두고 대답했다.

"잘래?"

"……괜찮다."

"영 대화가 맞물리지 않는 듯한 느낌이……."

"리자드맨의 템포는 독특하니 어쩔 수 없습다."

"미노 씨한테도?"

"예입, 저한테도임다."

아마도 처음 리자드맨과 조우한 인물은 필시 간이 떨어졌을 것이다.

"리저드, 좋아하는 건 뭐야?"

"……생고기."

"응, 커뮤니케이션은 되는 모양이야."

"일부러 시험하지 않으셔도……."

"꼭 확인해 보고 싶어서 말이지."

어린애 같았던 걸까, 하며 쿠로노는 머리를 긁적였다.

"몸조리 잘해."

"……."

리저드는 대답하지 않았다. 아무래도 잠든 모양이었다.

"그럼, 다음은."

쿠로노가 다시 주위를 둘러보니 부하들은 고개를 돌리거나 숙였다.

그런 부하들에게 말을 걸고, 병원을 뒤로했다.

※

쿠로노와 미노는 여관에서 요양하고 있는 부하를 문병하기 위해 거주 구역으로 향했다.

후작 저택이나 병원 등이 있는 행정구를 지나 유명한 상회 지점이 늘어선 상업지구를 빠져나갔다.

광장을 한층 더 지나서――.

"역시, 문병은 안 가는 편이 좋으려나?"

"갑자기 왜 그러심까?"

"문병 갈 때마다 다들 고개를 돌리잖아."

"그건 어떻게 접해야 할지 몰라서 망설이고 있는 것뿐임다."

"그냥 평범하게 하면 되는데."

"대장은 모를지도 모르겠습다만, 다들 귀족 사관들한테 심한 꼴을 당해 왔기에 평범하게 접하라는 말을 들어도 못 합다."

"그런 일이 있었구나."

"아니, 뭐, 대장이 책임을 느낄 필요는 없습다."

미노가 겸연쩍은 듯 머리를 긁적였다.

"에라키스 후작은 아무것도 해주지 않았어?"

"후작은 우리한테 아무런 관심도 가지고 있지 않습다. 가지고 있다고 해도 엘프와 드워프 여자뿐이라 말임다."

미노는 내뱉듯이 말했다.

"내가 할 수 있는 일은 없을까?"

"없습다. 있다고 해도, 저는 대장이 본인 손해가 되는 일은 하지 말았으면 함다."

대답은 거절, 아니, 미노는 쿠로노의 장래를 생각하고 있었다.

"이야기가 탈선해 버렸습다만, 저는 따뜻하게 대해 주는 데 익숙하지 않은 녀석들이 많다는 것을 말씀드리고 싶었던 것뿐임다."

미노는 마음을 새로이 다잡은 것처럼 밝은 어조로 말했다.

"그렇게 따뜻하게 대해 주고 있다고는 생각하지 않는데……."

"대장은 모르실지도 모르겠습다만…… 아아, 이건 대장을 바보 취급하는 게 아님다."

"미노 씨가 나를 바보 취급하지 않는다는 것 정도는 알아."

쿠로노는 쓴웃음을 지었다.

"지독한 인생을 보낸 탓에 호의라든가 선의라는 것을 드러내

보여도, 속고 있는 것 아닐까 싶어 거절하고, 믿지 못하는 검다."
"미노 씨도?"
"대장이 선의를 지닌 사람이라는 건 알고 있습다만, 무심코 경계할 때가 있습다."
"레이라도 그런 걸까?"
"대장은 레이라가 신경 쓰이심까?"
"응, 뭐……."
레이라란 백부장 두 명이 전사한 뒤 별동대를 규합하여 임무를 달성한 은발 엘프다.
"레이라를 싫어하고 있다고만 생각했습다."
"싫어하지 않아. 단지……."
"단지?"
"무슨 이야기를 해야 좋을지 알 수 없어서."
레이라는 어떻게 대해야 할지 감이 안 잡힐 정도로 무표정했다.
그녀에게 책임을 떠넘기려 했던 죄의식도 있어서, 정말 어떻게 접해야 좋을지 알 수 없었다.
"레이라 쪽은 어떻게 생각하고 있을까?"
"으음~, 싫어하고 있지는 않다고 생각함다."
"그렇구나."
쿠로노는 숨을 휴 내쉬었다.
"뭐, 레이라도 여러 일이 있었기에 망설임이 있을 거라고 생각함다. 저는——"

"나리, 꽃은 어떠신가요?"

귀여운 목소리가 미노의 목소리를 가로막았고, 눈앞에 꽃다발이 내밀어졌다.

쿠로노는 걸음을 멈추고 꽃다발을 내민 소녀를 바라봤다. 갈색 머리카락을 묶어 늘어뜨리고 있다.

손가 입고 있는 원피스는 꾀죄죄했지만, 머리는 잘 손질되어 있었다.

이런 작은 아이가 일해야만 한다는 사실에 가슴이 아팠다.

"얼마지?"

"진주화(眞鑄貨) 한 닢이에요."

쿠로노는 호주머니에서 가죽 주머니를 꺼내 내용물을 확인했다.

안에 들어 있는 건 동화와 은화, 몇 닢의 금화였다.

참고로 진주화는 제국의 가장 작은 화폐단위다.

교환 비율은 진주화 10닢에 동화 한 닢, 동화 10닢에 은화 한 닢, 은화 20닢에 금화 한 닢이다.

"진주화가 없어."

"그런가요……."

소녀는 낙담한 것처럼 말하다가, 퍼뜩 고개를 들었다.

거북해하는, 아니, 무서워하고 있는 것처럼 고개를 숙였다.

"죄송합니다, 나리."

"그렇게 사과하지 않아도 돼."

잔돈이 없다는 건 그다지 팔리지 않은 걸까, 하고 쿠로노는 꽃다발을 바라봤다.

"잔돈은 됐어."

"괘, 괜찮으신가요?"

"응, 괜찮아."

"감사합니다."

쿠로노가 동화를 건네자 소녀는 공손하게 머리를 숙였다.

좋은 일을 했는데도, 그 인사를 보고 있자니 어째서인지 죄악감이 들었다.

"나리, 여기 있습니다."

"고마워."

쿠로노는 소녀에게서 꽃다발을 받아들고는 걷기 시작했다.

"대장, 사람이 좋은 것에도 정도가 있습다."

"빈손으로 문병 가는 것도 뭣하니까 말이지."

잠시 걷자, 레이라가 요양하고 있는 여관이 보이기 시작했다. 여관은 목조로 1층이 식당, 2층이 숙박 공간으로 되어 있다.

응? 하고 쿠로노는 코를 벌름거렸다. 구수한 냄새가 감돌고 있었다.

"미노 씨, 문병 온 김에 식사하자."

"그럼 저는 바깥――"

"내가 살게."

"……감사히 받아들이겠습다."

체면을 신경 써 준 것인지 미노는 고개를 끄덕였다.

"어서 오세—— 뭐야, 쿠로노 님인가."
문을 열고 안으로 들어가자, 카운터 안에 있던 여성이 기쁜 듯이 눈을 빛냈다.
하지만 들어온 게 쿠로노라는 걸 알게 되자 낙담한 듯이 어깨를 떨궜다.
긴 갈색 머리카락을 묶어 올린 여성이다. 눈매는 살짝 처져 있지만, 시선은 예리했다.
육감적인 몸매의 소유자로 남자라면 무심코 눈이 갈 만한 풍만한 가슴을 갖고 있다.
그녀의 이름은 셰라. 이 식당 겸 여관의 여주인이다.
5년 전에 남편이 병으로 죽고 난 후로 혼자서 가게를 꾸려나가고 있는 듯하다.
"셰라, 내 대우가 너무한 것 같은데?"
"그쪽이야말로 이름이 아니라 안주인이라고 불러 주지 않겠어?"
여관 주인 셰라는 부루퉁해진 듯이 받아쳤다.
"미안해, 안주인. 그래서 내 대우는?"
"그야 나도 밥을 먹고 가 준다면 환영하지만 말이야. 쿠로노 님은 문병만 할 뿐 향차(香茶)도 마시고 가지 않잖아."
여주인은 불만스러운 듯이 뺨을 부풀렸다.
"오늘은 손님이야."
"실례함다."

쿠로노가 엄지손가락으로 등 뒤를 가리켜 보이자, 미노가 바닥을 삐걱거리며 들어왔다.

"바닥이 꺼지지는 않겠지?"

여주인은 팔짱을 끼고 스스럼없는 시선을 미노에게 향했다.

"대장, 저는 바깥에서——"

"괜찮아."

"뭐, 바닥을 밟아서 구멍을 낼 것 같아도 손님은 손님이지. 빈자리에 앉아 줘."

"빈자리밖에 없지만 말이야."

"쓸데없는 한마디가 많아. 나 참, 귀엽지 않은 아이라니까."

여주인은 발끈해서 말하고는 쿠로노와 미노에게 등을 돌렸다.

"그럼, 뭐, 카운터에."

"……예입."

쿠로노와 미노는 카운터 자리에 앉았다.

"물이야."

여주인은 물이 든 컵을 쿠로노와 미노 앞에 뒀다.

"그래서, 뭘 먹을 거야?"

"뭐가 있어?"

"채소 부스러기 수프와 이것저것 섞인 게 많은 빵뿐이야."

"그럼 그걸로."

여주인은 등 뒤에 있는 커다란 상자—— 풍로에 장작을 넣고 불을 붙였다.

"경기는 어때?"

"보는 대로야."

여주인은 쿠로노와 미노 쪽을 향해 돌아서서 카운터에 몸을 내밀었다.

"남편이 살아있던 무렵에는 어떻게든 돌아가고 있었는데 말이야. 요 몇 년은 세금, 세금이라 뭐를 위해서 일하고 있는지 모르겠어. 나 참, 세금은 뜯어갈 만큼 뜯어가 놓고서 막상 일이 터지니 도망쳐 버리다니. 쓰레기 같은 녀석이야, 에라키스 후작은."

여주인은 거침없이 내뱉었다.

"그래서, 그쪽은 어때?"

"어떻냐니?"

"신성 아르고 왕국 말이야. 어떤 것 같아? 또 쳐들어오는 거야?"

"으음."

어쩌지? 하고 쿠로노는 미노를 봤다.

"정확한 정보는 내려오지 않았습다만, 또 쳐들어올 가능성은 작다고 생각합다."

"그렇다네."

"왜 사관후보생인 네가 득의양양한 표정을 짓는 거야?"

"득의에 찬 표정을 지을 권리 정도는 있다고 생각합다."

웃고 있는 건지, 미노가 어깨를 들썩였다.

"어째서?"

"그야 대장, 아니, 쿠로노 님이 도망쳐 버린 에라키스 후작 대신에 신성 아르고 왕국 녀석들을 물리쳤으니까 그렇습다."
"응? 뭐라고?"
"신성 아르고 왕국을 물리친 건 여기 있는 쿠로노 님이라고 말한 겁다."
"하~ 이런 어린애가 신성 아르고 왕국을 물리쳤다는 거야?"
여주인은 믿기지 않는다는 듯한 표정을 띠었다.
"그 말대로임다."
"사람은 겉보기로는 모르는 거네. 응, 잘 보니 귀여운 얼굴을 하고 있어."
여주인은 한층 몸을 내밀었다.
불과 몇 분 만에 쿠로노의 주가가 급상승하고 있었다.
말만 했을 뿐, 이렇다 할 증거는 없었기에 금방 폭락하겠지만.
"저기, 요리는?"
"쑥스러워하기는, 귀엽네. 요리라면 조금 더 걸려. 그사이에 문병을 끝마치는 게 어때?"
"그럴게."
쿠로노는 꽃다발을 들고 일어나 2층── 레이라가 자는 방으로 향했다.
가게 안쪽에 있는 계단을 올라가서, 어두컴컴한 복도를 지나 끝 모퉁이에 있는 방이다.
문을 노크했지만, 대답이 없었다.
"레이라, 들어갈── 흡!"

쿠로노는 문을 열고는 숨을 삼켰다. 레이라가 무릎을 꿇고 앉아 몸을 닦고 있었기 때문이다. 쿠로노의 이성이 조용히 문을 닫고 복도에서 기다려야 한다고 호소했다. 하지만 쿠로노는 눈이 떨어지지 않았다.

꿰맨 지 얼마 안 된 상처를 피해 몸을 닦는다. 그것뿐인 동작이 묘하게 요염하게 보였다.

불현듯 레이라가 손을 멈추고——.

"아, 아니, 엿보려던 게 아니야. 문을 두드려도 대답이 없어서 연 것뿐이야."

쿠로노는 방에 들어가 황급히 변명했다.

"문을 닫아 주실 수 없을까요?"

"그, 그래."

쿠로노는 방 안에서 문을 닫고 그 자세 그대로 얼어붙었다.

어째서 복도에 나가지 않은 거지, 하고 자신을 비난했다.

옷을 입는 소리가 뒤에서 바스락바스락하고 들려왔다.

어쩌지? 하고 자신에게 물었다.

알몸을 본 것은 사고로 끝낼 수 있을지도 모르지만, 그대로 들어와 버린 건 변명의 여지가 없다.

그때, 뇌리에 번뜩이는 것이 있었다.

그건 무릎을 꿇고 납죽 엎드리기—— 사죄의 뜻을 표하는 최상위의 포즈다. 뒤돌아보는 것과 동시에 엎드리는 거다.

"다 갈아입었습니다."

쿠로노는 뒤돌아보고는 엎드리려 했지만——.

"죄송합니다."

쿠로노가 엎드리기보다도 먼저 레이라가 고개를 숙였다.

"어?"

"이러한 빈약한 몸을 보시게 하여 죄송합니다."

"그, 그렇지 않아!"

쿠로노가 뒤집힌 목소리로 말하자, 레이라는 고개를 들었다.

의외라는 것 같다고 할지, 이해할 수 없는 것을 본 듯한 눈으로 이쪽을 보고 있다.

"어, 엄청나게 예뻤어!"

"그럴 리가 없습니다."

"아니, 정말로 엄청나게 아름다웠다고!"

쿠로노는 고개를 숙인 레이라에게 가까이 다가갔다.

"정말이야. 정말로 예쁘다고 생각했어."

"……쿠로노 님."

레이라는 금색 눈동자로 쿠로노를 바라봤다. 기분 탓인지 눈이 촉촉이 젖어 있는 것 같았다.

"아, 이, 이거, 문병 선물인 꽃다발!"

"감사합니다."

레이라는 쿠로노가 내민 꽃다발을 받아들었다. 아주 세심히 보지 않으면 알아차릴 수 없을 정도로 희미하게 입가에 미소를 지었다.

"저기, 쿠로노 님?"

"뭐, 뭐야?"

쿠로노는 뒤집힌 목소리로 대답했다.

"어째서 쿠로노 님은 저 같은 하프 엘프에게 다정하게 대해 주시는 건가요?"

"하프 엘프?"

쿠로노는 레이라의 귀를 봤다. 듣고 보니 병원에 있던 사이드 포니테일 엘프보다 귀가 짧은 것 같았다.

하프 엘프란 인간과 엘프의 혼혈이다. 픽션에서는 차별이나 박해의 대상이 되는 경우가 많다. 이 세계는 어떤지 모르겠지만, 레이라의 말투로 추측건대 아마 별반 다르지 않은 것 같았다.

"모르고 계셨나요?"

"응, 처음 알았어."

"그런가요."

레이라는 쓸쓸한 듯이 고개를 숙였다. 태생을 알았으니 쿠로노의 태도가 변하리라 생각하고 있는 것이리라. 쿠로노는 그럴 생각이 없었지만, 입에 담지 않으면 마음은 전해지지 않는다.

"나는…… 레이라가 용감한 여성이라고 생각해."

"――――!"

레이라는 퍼뜩 고개를 들었다.

"하프 엘프라도요?"

"레이라가 하프 엘프라도 이 마음은 변하지 않아. 나는 나를 자랑스럽게 여기지는 못하지만, 레이라 같은 부하를 둘 수 있었던 건 자랑으로 생각해.”

“――――!!”

레이라의 눈에서 커다란 눈물방울이 떨어졌다.

“……레이라?”

“아니에요! 이건 아니에요!”

레이라는 손등으로 눈물을 훔쳤지만, 눈물은 잇따라 넘쳐 나왔다.

“죄, 죄송해요, 쿠로노 님. 지금은, 지금은…….”

“알았어. 또 올 테니까.”

쿠로노는 복도로 나가 문을 닫았다. 문 뒤에서 레이라의 오열이 들려왔다.

“또 올 테니까 말이야.”

쿠로노는 작게 중얼거리고는 1층으로 내려갔다.

“쿠로노 님, 손님이야.”

“손님?”

문 쪽을 보니 남자가 서 있었다. 키가 작고, 배가 많이 튀어나와 있었다. 입술은 두툼하고 눈매는 처져 있었다. M자 탈모라고 하던가. 후퇴한 이마 선을 가리는 것처럼 길게 기른 머리카락을 앞으로 끌어당겨 놓고 있었다. 그야말로 시원찮은 중년의 정석 같은 이미지였다.

“쿠로노 경, 송구합니다. 저는 황녀 전하의 부하인 시터 윈도우라고 합니다.”

“아, 그러시군요.”

시터가 고개를 숙였기에 쿠로노도 고개를 숙였다.

군인답게 경례를 해야 했으려나, 하고 머리를 숙인 뒤에 생각했다.

“무슨 용건이신지?”

“황녀 전하께서 찾으십니다. 그래서 저를 보내신 겁니다. 네.”

식사 후라도 괜찮겠습니까? 라는 말을 아슬아슬한 곳에서 삼켰다.

티리아라면 용서해 줄 것 같지만, 시터가 불경을 지적할지도 모른다.

“알겠습니다. 곧바로 가지요. 티―― 황녀 전하는 어디에?”

“후작 저택의 집무실에 계십니다.”

“저는――”

“미노 씨는 여기 있어.”

미노는 일어서려 했지만, 쿠로노의 말을 듣고 다시 앉았다.

※

쿠로노가 후작 저택의 집무실로 들어가자, 티리아가 자리에 앉아 기다리고 있었다.

팔꿈치를 책상에 대고, 입가를 가리는 것처럼 손깍지를 끼고 있었다.
"늦었군, 쿠로노."
"이래 보여도 서둘러서 온 거야."
쿠로노는 손을 뒤로 돌려 문을 닫고는 방 중앙으로 이동했다.
"그런데 에라키스 후작은?"
"원생림에 두고 왔다."
"그래도 돼?"
"재침공을 경계해야만 하니까 말이지."
티리아는 태연히 대답했다.
"그래서, 무슨 용건이야?"
"너한테 내가 에라키스 후작령에 있는 이유를 이야기하지 않았구나 싶어서 말이지."
"…………."
쿠로노는 말없이 발걸음을 되돌렸다. 안 좋은 예감이 들었다. 불경할지도 모르지만, 성가신 일은 사절이었다.
"도망치지 마라!"
뭔가가 목덜미를 스치고 문에 꽂혔다. 깃털 펜이었다.
펜에 하얀빛이 아지랑이처럼 일고 있었다. 순백이자 질서를 관장하는 신의 신위술이다.
"이런 일에 신위술을 쓰는 거야?"
"중요한 일이다. 순백이자 질서를 관장하는 신도 용서해 주실 거다."

도망칠 수 없나, 하고 쿠로노는 티리아를 향해 돌아섰다.

"그래서, 티리아가 온 이유는 뭔데?"

"에라키스 후작이 군비를 횡령하고 있다는 밀고가 있어서 말이지. 그걸 조사하러 온 거다."

"군비 횡령?"

쿠로노는 자기도 모르게 되물었다.

군비—— 병사의 급여나 식비, 장비 비용은 제국의 세금에서 나온다.

표면상으로는 영주의 부담을 줄이는 게 목적이라 하지만, 진짜 목적은 군벌이 생기지 않도록 하기 위해서다.

그 때문에 제국은 병사의 월급을 금화 두 닢으로 정하고 있다.

그럭저럭 솜씨가 있는 직공이라면 버는 데 문제가 없는 금액이지만, 그렇지 않은 자에게는 파격적인 보수다.

즉 사병을 고용하려면 고용주는 금화 두 닢을 최저 보수로 지급해야 한다.

제국은 용병을 직업으로 인정하지 않기에, 병력이 필요하면 무조건 사병을 구해야 한다. 금화 두 닢을 줘가며 병력을 유지하는 건 쉽지 않을 테니, 정책은 어느 정도 성과를 내고 있다고 봐도 되리라.

하지만 그건 제국에도 큰 부담을 주고 있다는 의미이기도 하다.

실제로 제국은 상비군을 유지하기 위해서 세수의 절반을 군비에 쓰고 있었다.

반대로 말하자면, 제국은 그렇게 해서라도 군벌이 생기는 걸 막으려 하고 있다.

만약 에라키스 후작이 정말로 군비를 횡령하고 있다면 사형을 면할 수 없다.

"증거는?"

"그것도 포함해서 조사하는 거다."

"……그거 상당히 위험한 일 아니야?"

"……."

티리아는 아무 대답도 하지 않았다. 횡령이 사실이라면 에라키스 후작은 증거를 잡히지 않으려 할 것이다. 목숨을 걸고 있으니 실력 행사로 나올지도 모른다.

"너한테 무슨 일이 있으면 나도 거리낄 것 없이 조사에 나설 수 있다만."

"무섭다고! 우리는 친구 아니었어?!"

"나도 너를 친구라고 생각하고 있다만……."

"그런데?"

"그게 영원을 의미하지는 않는다."

"멋있는 말로 얼버무리지 마!"

쿠로노는 냉소하는 티리아에게 딴지를 걸었다.

"농담은 제쳐 두고."

"농담이었구나."

쿠로노는 가슴을 쓸어내렸다.

"당연하다. 내가 너를 위험에 처하게 할 리가 없지 않나."
"정말로?"
"의심이 많은 녀석이군. 애초에 에라키스 후작도 너를 죽이는 메리트와 디메리트를 알고 있을 거라고."
"횡령하고 있을지도 모르는 상대를 믿어도 괜찮은 걸까?"
티리아의 생각은 지당하다고 보지만, 도저히 불안을 씻어낼 수 없었다.
"똘마니를 고용해서 푹 찔러 버릴 수도 있으니까, 무력으로 제압해 주면 고맙겠는데."
"그건 불가능하다."
"어째서? 증언이 있잖아?"
"증언만으로 움직일 수는 없다. 성가시지만 절차를 밟지 않으면 안 돼."
티리아는 넌덜머리가 난 듯한 어조로 말했다.
"……쿠로노."
티리아는 신중한 표정으로 쿠로노를 바라봤다.
"조사에 협력해 주지 않겠나? 물론 신변 안전에 배려할 테고, 답례는 하겠다."
"……알았어."
쿠로노는 조금 뜸을 두고 고개를 끄덕였다.
"역시나, 내 벗이군."
"노력은 하겠지만 너무 기대하지는 말라고?"

"자기 평가가 낮은 게 너의 결점이야. 내게 이기고 이그니스 장군이 이끄는 신성 아르고 왕국군을 물리쳤으니 좀 더 당당하게 있으면 되지 않나."

"자신만만했다면 첫 전투에서 죽었을 거야."

쿠로노는 깊게 한숨을 내쉬었다.

※

쿠로노가 후작 저택 정문에서 나오자 미노가 다가왔다.

"대장, 수고하셨습다."

"응, 조금 지쳤어."

쿠로노는 작게 한숨을 내쉬었다.

"지치셨다면 오늘은 그만 돌아가지요."

"나를 기다리는 부하가——"

"대장이 문병을 오면 쉴 수 있는 것도 못 쉽다."

"역시 민폐였어?"

"……."

미노는 대답하지 않았다. 그게 대답이다.

망설이고 있는 거라고 말했으면서…….

"대장은 별나십다."

"평범해."

"아니, 제가 봐 왔던 인간 중에서는 특히 별나십다. 아인을 위해 목숨을 걸고, 병원까지 알선해 주셨으니 말입다."
"병원을 알선할 수 있었던 건 티리아 덕분이야."
"대장이 진언해 주시지 않았다면 황녀 전하도 움직이지 않았을 거라고 생각함다."
"그러려나?"
"어차피 저희는 근면하게 일하기보다도 폭력으로 금화 한 닢을 버는 쪽을 선택하는 인간들이니 말임다. 황녀 전하가 그런 저희를 신경 써 줄 거라고는 생각하지 않슴다."
"그렇지는 않…… 잠깐만?"
쿠로노는 미노의 말을 부정하려다가 어떤 사실을 깨달았다.
"금화 한 닢이라고 했어?"
"예이, 말했슴다."
"병사 월급이 금화 두 닢이라는 거 알고 있어?"
"알고 있슴다만, 이 정도는 흔히 있는 일이기에. 금화 한 닢이라도 지급되는 만큼 나은 검다."
열악한 근무 환경에 너무 순응해 버린 샐러리맨이냐…… 하고 쿠로노는 신음했다.
부정을 단속하는 제도가 있어도 이용 방법을 모른다면 의미가 없다.
어쨌든 군비 횡령은 확실한 모양이다. 나머지는 어떻게 증거를 잡을지다.
"……."

"왜 그러심까?"

쿠로노가 잠자코 있자, 미노가 걱정스러운 듯이 말을 걸었다.

"미노 씨, 실은…… 나는 티리아한테서 군비 횡령의 증거를 잡으라는 말을 들었어."

"대장!"

미노는 비명 같은 소리를 내고는 주위를 두리번두리번 둘러봤다.

"누가 들으면 어쩔 생각임까? 아니, 제가 갑자기 배신하면 어쩌시려고——"

"배신당하면 내게 사람 보는 눈이 없었다는 의미가 되겠지."

"저를 믿고 있다는 검까?"

"믿지도 못하는 자를 부관으로 쓸 리 없잖아?"

푸후——, 하고 미노는 코에서 콧김을 뿜었다.

"몇 가지 질문을 해도 괜찮겠습까?"

"해봐."

"대장의 이익은 어디에 있슴까?"

"티리아의 신임이 높아진다는 것 정도네."

"제가 본 바로는 대장은 출세에 흥미가 있는 것처럼은 보이지 않슴다. 그런데도 어째서 이런 일을 하는 검까?"

"티리아의 부탁이니까. 난 에라키스 후작의 편을 들 이유도 없고, 그걸로 미노 씨를 비롯한 병사들의 대우가 조금은 나아진다면 나쁘지 않잖아?"

그리고, 하고 쿠로노는 뒷말을 이었다.
“아버지랑 어머니가 자랑하실 수 있는 아들이 되고 싶어.”
“…….”
미노는 생각에 잠기는 것처럼 입을 다물었다.
“알겠습니다. 저는 대장을 따라가겠습니다.”
“좋아! 그럼, 경리 담당자 방으로 쳐들어가자!”
“지금부터 말입니까?!”
미노는 깜짝 놀라 눈을 휘둥그레 떴다.
“좋은 일은 서둘러야지.”
“아니, 이런 건 시간을 들여 침착하게——”
“어설프게 고민해 봤자 시간 낭비야.”
고문을 해서라도 증거를 잡으면 되는 거다.
문제가 발생해도 티리아가 어떻게든 해줄 것이다.
쿠로노는 미노를 데리고 다시 후작 저택 정문을 지났다.
현관을 통해 안으로 들어가 입구 홀에서 복도로 이동했다.
검문하는 사람은 없고, 맥이 빠질 정도로 쉽게 목적지—— 경리 담당자의 방에 도착했다.
“쿠로노 경, 무슨 볼일이지?”
방에 들어가자 경리 담당자는 자리에서 일어나 이쪽으로 다가왔다.
경리 담당자는 이렇다 할 특징이 없는 남자였다. 중간 정도의 살집과 키에 성실해 보이는 느낌이었다.

그렇다고는 해도, 부정에 관여하고 있는 시점에서 성실하다고는 하기 어렵지만——.

"혹시, 급여 가부——"

"끼요오오오오오옷!"

쿠로노는 괴상한 기합과 함께, 있는 힘껏 발차기를 날렸다.

경리 담당자는 공중제비를 돌며 쓰러졌다. 쿠로노는 다시 한번 발차기를 먹였다.

"끼요오오오!"

"그, 그만, 히이이이익!"

쿠로노는 기성을 내며 경리 담당자에게 발차기를 먹였다.

"그마—— 크헉!"

"끼요오오오! 호오오오옵!"

한층 더 발차기를 퍼부어 주자, 경리 담당자는 거북이처럼 몸을 웅크렸다.

"어, 어째서, 갑자기 발차기를?!"

"내놔."

"뭘?"

"……후우."

쿠로노는 한숨을 내쉬고는 경리 담당자의 옆구리를 걷어찼다.

경리 담당자는 격하게 컥컥거리고는 증오스럽다는 듯이 노려봤다.

"뒷거래 장부야. 에라키스 후작이 군비를 횡령하고 있다는 건 알고 있어."

"그런 게 있을 리가 없잖아!"

"미노 씨, 아무래도 손가락을 부러뜨려야 할 것 같아."

예입, 하고 미노는 경리 담당자의 목덜미를 붙잡고 오른팔을 빼냈다.

"대장, 주먹을 쥐고 있습다."

"괜찮아."

쿠로노는 가볍게 점프하여 주먹 위에 올라탔다.

뼈가 부러지는 소리와 함께, 경리 담당자가 절규했다.

"이런 건 한 개씩 부러뜨리는 법이잖아아아아!"

"그렇게 깨작깨작, 귀찮아서 어떻게 해?"

"젠장, 젠장, 젠장! 웃기지 말라고! 뒷거래 장부 같은 건 없다고 말하잖냐! 이런 짓을 하고 에라키스 후작이 잠자코 있으리라고——"

"주절주절 시끄럽네! 내가 네 집을 다 불태워야 협조할래?"

"————!"

쿠로노가 소리치자 경리 담당자는 숨을 삼켰다.

"가, 가족은 상관없잖아!"

"알 바냐!"

쿠로노는 경리 담당자의 얼굴을 걷어찼다. 부러진 이가 허공을 날았다.

"진정 이런 무법이 통한다고 생각하는 거냐?!"

"걱정하지 마. 황녀 전하가 못 본 척해주실 거니까. 네 가족이 무참하게 죽어도 말이지."

"거짓말이다! 허세다!"

"오, 그래? 시험해 보겠어?"

쿠로노가 미소를 지어 주자, 경리 담당자는 몸을 부르르 떨었다.

"협력해 준다면 기회를 줄 수도 있는데?"

"……뭘 해줄 수 있지?"

"뒷거래 장부를 건네주면 오늘 하루만 자유롭게 해줄게."

"그게 뭐야?!"

"다른 곳에서 다시 시작할 기회를 주겠다는 말이잖아. 여기 있다간 목이 날아갈 텐데?"

"…………알았다. 뒷거래 장부를 주지."

긴 침묵 후에 쥐어짜 내듯이 말했다.

"……미노 씨."

"예입, 알겠습다."

미노가 손을 떼자 경리 담당자는 휘청휘청 일어났다.

책상에 다가가 서랍에서 양피지 묶음을 꺼냈다.

"무슨 소란이냐!"

그때, 갑자기 뒤에서 성난 목소리가 날아왔다. 뒤를 돌아보자 에라키스 후작이 복도에 서 있었다. 티리아가 원생림에 두고 왔다고 말했는데, 숲속에 버려두고 왔다는 의미는 아니었던 모양이다. 에라키스 후작은 자신의 명운이 다해 가고 있다는 것도 모르고 가까이 다가왔다.

"쿠로노 경, 이건 어떻게 된 일이지?"

"횡령의 증거를 잡은 참입니다."

"……?! 무, 무슨 말을 하는 건가! 나는 횡령 따위 하지 않았네!"

"호오, 재미있어 보이는 이야기를 하고 있군."

에라키스 후작이 뒤돌아보자, 복도에 티리아가 서 있었다.

"화, 황녀 전하! 이건 뭔가 잘못되었습니다!"

"나는 부정의 증거를 가지고 있다!"

에라키스 후작이 변명하자, 경리 담당자가 뒷거래 장부를 높이 들었다.

"네, 네놈! 배신할 생각이냐!"

"너랑 같이 죽는 건 사절이다! 황녀 전하! 부정의 증거를 넘기겠습니다! 물론 증언도 하겠습니다! 그러니 목숨만은 살려 주십시오!"

쿠로노는 어이없다는 얼굴로 경리 담당자를 쳐다봤다.

도망칠 수 없다고 판단한 순간, 에라키스 후작을 배신하다니, 엄청난 결단력에 경탄이 절로 나올 지경이다.

"저, 저는 7대가 이어진 후작가의 당주입니다!"

"알고 있다."

티리아는 넌덜머리가 난 듯이 말했다.

"아버지도, 숙부도…… 친척들은 당신의 부군을 황위에 앉히기 위해서 죽었습니다! 그런데 그 충의에 대한 대가가 이겁니까?!"
"그래서 네게 영주와 대대장을 겸임시켜 준 거다! 특례 중의 특례를 만들어가면서 말이다!"
티리아는 도리어 역정을 내는 에라키스 후작에게 호통을 치며 대꾸했다.
"아버지의…… 황제 폐하의 신뢰를 배신한 건 너다. 네게 그 죗값을 물어야겠다."
"크, 크으윽!!"
에라키스 후작은 얼굴이 시뻘게지며 신음했다.
"최소한의 자비다. 원죄가 되지 않도록 제도에서 똑바로 이야기를 들어 주마."
"으, 으아, 이젠 다 끝장이야!"
에라키스 후작은 머리를 감싸 쥐고 그 자리에 웅크렸다.
"……이걸로 일단락되었으려나."
"아니, 저기, 뭐라고 할지, 할 말이 없습다."
미노가 영 석연치 않아 하는 것 같았지만, 끝이 괜찮으면 전부 괜찮은 거다.
그때, 시로가 방에 뛰어 들어왔다.
"쿠로노 님, 큰일!"
"이번에는 뭐야?!"
"레이라, 군, 그만두겠다고, 하고 있어!"
"뭐? 어째서 갑자기?"

"레이라, 쿠로노 님의 자랑이 될 수 없다고, 하고 있어. 의미, 모르겠어."

"뭐? 으음, 어쨌든 말려야지!"

쿠로노는 혼란스러워하면서도 결단했다.

"레이라는 어디야?"

"병원, 홀, 구속해 뒀어."

"어째서 병원에?"

"쿠로노 님, 있다고 생각했어."

"……과연."

아무래도 레이라는 쿠로노가 병실에 돌아갔다고 생각한 모양이다.

"아니, 이러고 있을 때가 아니지!"

쿠로노는 복도로 뛰쳐나갔다.

※

쿠로노가 병원 홀에 들어가자 레이라는 동료에게 둘러싸여 있었다.

낡은 옷을 입고 가방 하나만을 들고 있다. 아마도 그것이 그녀의 전 재산이리라.

"……레이라."

"쿠로노 님?!"

쿠로노가 이름을 부르자 레이라는 놀란 듯이 눈을 휘둥그레 떴다.

"어째서 갑자기 그만두겠다는 거야?"

"……."

레이라는 가면 같은 표정을 띤 채 입을 닫고 있었다.

"……내 자랑이 될 수 없다는 건 무슨 의미야?"

"누구한테서 그 말을?"

시로가 말했다는 걸 눈치챘는지 레이라가 시로를 노려봤다.

"이유를 알려줬으면 해. 안 그러면 납득할 수 없어."

"……저는 제도의 슬럼 출신이에요. 매춘부였던 어머니와 손님 사이에서 태어난 아이예요. 군에 입대할 때까지 몇 번이나 능욕당하고, 여기에 오고 나서도…… 그런 제가, 추레한 하프 엘프인 제가 쿠로노 님의 자랑이 될 수 있을 리가 없어요."

레이라는 슬프게 미소 지었다. 분명 쿠로노는 상상도 할 수 없을 정도로 가혹한 인생에서 많은 것들을 포기하며 살아온 것이리라.

하프 엘프니까, 창부의 딸이니까, 몇 번이고 능욕당했으니까 ——그렇게 괴로운 일이 있을 때마다 자신의 마음을 죽여왔을 거다. 그러니까 이번에도 쿠로노가 레이라의 과거를 알고 불행한 결말을 맞이하기 전에 포기하려고 했다.

쿠로노는 아무 대꾸도 할 수 없었다. 뭔가 말해야만 했다. 뭔가 말하지 않으면 레이라를 말릴 수가 없었다. 하지만 무슨 말을 해야 할지 알 수 없었다.

레이라를 자랑스럽게 생각한다. 그건 본심에서 나온 말이었다. 이게 진짜가 아니라면 쿠로노의 인생에는 거짓밖에 없다고 단언할 수 있었다. 하지만 그런 말을 해봤자 레이라를 막다른 곳으로 내몰 뿐이었다.

어떻게 하면 레이라를 말릴 수 있을까. 어떻게 하면——. 쿠로노의 사고는 공회전했고, 레이라는 천천히 발걸음을 옮겼다.

"기다려!"

쿠로노는 반사적으로 레이라의 손목을 붙잡았다.

"놔 주세요! 쿠로노 님이 예쁘다고 말해 주셔서 기뻤어요! 하지만, 안 돼요! 저는 믿을 수 없어요! 아무런 근거도 없는 말을 들어봤자 믿을 수 없단 말이에요!"

"……인권선언."

레이라가 쉴 새 없이 몰아치듯이 말하자, 쿠로노는 작게 중얼거렸다.

"네?"

"세계인권선언이라는 게 있어."

쿠로노는 반쯤 혼란에 빠지고도 중학교에서 배운 내용을 필사적으로 상기했다.

"그게 그러니까, 모든 인간은 태어나면서부터 자유롭고…… 평등한 존엄과 권리를 지닌다, 였던가? 어, 어쨌든, 세계인권선언이 근거야."

"그런 건 들은 적이 없어요."

레이라가 곤혹스러운 듯이 중얼거렸다. 쿠로노는 이번에야말로 혼란에 빠졌다.

"아, 아~, 실은 난 다른 세계에서 왔어."

"거짓말을 하시는 건가요?"

"거짓말이 아니야! 내가 있던 세계에서는 평민도 귀족도 없고, 상대가 누구일지라도 차별해서도, 때려서도 안 된다고 배워. 그러니까, 그러니까……."

쿠로노는 필사적으로 말을 이어 나갔지만, 동시에 터무니없는 무력감을 느꼈다. 아무리 그래도 이세계에서 왔다니 너무나도 황당무계한 이야기였다. 바보 취급당하고 있다고 생각해도 이상하지 않다.

"어째서 절 위해 거짓말까지 하시나요?"

"거짓말이 아니라니까! 아아, 아니, 이세계에서 왔다는 건 믿어주지 않아도 괜찮지만…… 레이라를 말리고 싶다는 마음에 거짓은 없어!"

"저는 쿠로노 님 곁에 있어도 괜찮은 건가요?"

"물론이지!"

"저는 하프 엘프고, 창부의 딸이고, 몇 번이고 능욕을……."

"태생도, 자라난 환경도 상관없어. 슬럼에서 겪은 일도 레이라는 피해자고…… 미안, 말이 잘 안 나오네……."

"알겠어요."

레이라는 검지로 눈물을 닦았다.

"……쿠로노 님, 조금만 마음을 정리할 시간을 주세요. 곰곰이 생각하고, 그러고 나서 쿠로노 님의 마음에 답하고 싶어요."

"초조해하지 말고 천천히 생각하도록 해."

네, 하고 레이라는 조용히 고개를 끄덕였다.

※

그날 밤——.

"오늘은 지쳤네……."

쿠로노는 병실 침대에 앉아 작게 한숨을 내쉬었다.

"레이라, 마음을 바꿔줬으려나."

가능하면 남아 줬으면 하지만, 결정하는 건 그녀다. 억지로 강요할 수는 없다.

"초조해하지 말고 결정해 준다면 좋겠는데."

그렇게 중얼거렸을 때, 문을 두드리는 소리가 울렸다.

"누구?"

쿠로노는 일어나서 문을 열었다.

문밖에는 레이라가 결의가 깃든 얼굴로 서 있었다.

"……저, 쿠로노 님."

"이런 시간에 어쩐 일이야?"

최대한 다정하게 말하려고 했는데, 그래도 레이라는 몸이 딱딱

하게 굳어버렸다.

마치 꾸중을 듣고 있는 어린아이 같았다.

"이 시간에는 병원에 들어올 수 없을 텐데? 설마, 몰래 왔어?"

"……네."

레이라가 고개를 숙인 그때, 복도 너머에서 발소리가 들려왔다. 아무래도 순찰인 모양이다.

"일단 들어와."

"네!"

쿠로노는 병실에 레이라를 들이고 문을 닫았다.

"곰곰이 생각하겠다고 하기에 좀 더 시간이 걸릴 줄 알았는데."

"죄송해요. 하지만 정말 필사적으로 생각했어요."

말이 끝나기가 빠르게 레이라는 쿠로노의 가슴에 뛰어들었다.

"저, 저도 쿠로노 님을 사랑해요!"

"어?"

"폐가 되었나요?"

"아니야, 기뻐."

뭐지?! 어째서 이야기가 이렇게 되는 거야? 하고 쿠로노는 레이라를 끌어안으며 자문했다.

어쨌든 오해를 풀어야만 한다. 쿠로노는 레이라에게서 떨어져 침대에 앉았다.

"일단 앉아서 얘기하자."

"……네."

레이라를 부끄러운 듯이 끄덕이고는 쿠로노 옆에 앉았다. 땀이 왈칵 솟아났다.

옆을 보니 레이라가 불안한 듯이 이쪽을 보고 있었다.

기분 탓인지 귀가 처져 있는 것처럼 보였다. 안 되지, 하고 쿠로노는 정면을 봤다.

얼마나 침대에 앉아 있었을까. 불현듯 팔에 부드러운 감촉이 느껴졌다.

다시 옆을 보니 거기에는 금색 눈동자가 있었다.

"쿠로노 님, 애인 중 한 명이라도 상관없어요. 부디, 당신 곁에 있게 해주세요. 제 사랑은…… 당신만의 것이에요."

"————!"

그것이 결정타였다. 쿠로노는 레이라를 침대에 밀어 넘어뜨렸다.

"……쿠로노 님, 가능하면 부드럽게 해주신다면 기쁘겠어요."

"아, 알았어."

쿠로노는 다정하게 레이라에게 키스했다.

제 3 장 『서작(敍爵)』

어째서 이렇게 된 걸까? 하고 쿠로노는 천장을 올려다보며 자문했다.

어젯밤, 결국 오해를 풀지 않고 분위기와 본능에 휩쓸려 레이라를 안아 버렸다.

이런 짓을 해도 괜찮았던 걸까.

그런 생각을 하며 옆을 보니, 레이라가 편안한 숨소리를 내고 있었다.

이세계로 전이하지 않았다면 인연조차 없을법한 미인이었다.

쿠로노는 이것도 나쁘지 않다는 생각이 들기 시작했다.

저질러 버린 건 어쩔 수 없다. 엎지른 물은 다시 담을 수 없다. 내일엔 내일의 태양이 뜬다.

"……으응."

레이라가 작게 소리를 내더니 속눈썹이 살짝 떨렸다.

"……쿠로노 님?"

"조금 더 자고 있어도 돼."

레이라는 고개를 끄덕이고는 강아지처럼 바싹 달라붙었다.

"머리 살짝 들어 봐."

"네? 네."

레이라는 곤혹스러워하면서도 고개를 들었고, 쿠로노는 그 밑에 팔을 밀어 넣었다.

"이대로 내려."

"저기, 그……."

"괜찮으니까."

레이라는 머뭇머뭇 쿠로노의 팔에 머리를 내렸다.

"저, 역시 제가 부담을 드리는 건 아닐까요?"

"아니야. 조금 놀라기는 했지만."

쿠로노가 뾰족한 귀를 만지작거리자, 레이라는 기분 좋은 듯이 눈을 가늘게 떴다.

"죄송해요. 이 기회를 놓치면 행복도 놓쳐버릴 것 같아서…… 이성을 잃고 있었어요."

레이라는 창피한 듯이 고개를 숙였지만, 냉정함을 잃었던 건 쿠로노도 마찬가지였다.

"그럼 지금은 행복해?"

"네, 행복해요. 그렇게 상냥하게 대해주신 분은 쿠로노 님이 처음이라……."

"그럼 나도 내 몫은 했단 얘기네. 다행이다……."

"예?"

"눈치챘겠지만, 처음이었으니까."

어젯밤의 일을 떠올렸더니 뺨이 뜨거워진다.

나름 공부해 왔다고 생각하지만 픽션은 역시나 픽션이었다.

“……죄송해요. 그, 저도 처음을 바칠 수 있었다면 좋았을 텐데…….”

“아니, 그런 식으로 사과를 받으면 내가 할 말이 없는데…….”

레이라가 신음하듯이 말하자 쿠로노는 뺨을 긁적였다. 동정은 지켜야만 하는 게 아니라 버려야 한다. 어떻게 생각해도 등가교환의 원칙에 반한다.

그건 그렇고 어젯밤의 레이라는 귀여웠지~, 하고 쿠로노는 싱글벙글한 표정을 지었다.

“……쿠로노 님.”

레이라는 다리 쪽―― 기운이 넘치는 상태인 쿠로노의 고간을 바라봤다.

“……아침부터 미안한데.”

“네, 넵. 마음껏 저를 사랑해 주세요.”

“감사합니다.”

쿠로노가 몸을 일으켜 레이라 위로 몸을 겹치려 했을 때, 문을 두드리는 소리가 울렸다.

“타이밍 나쁘구만!”

“쿠로노 님, 일이니까요.”

“으으윽, 너무해.”

쿠로노는 침대에서 내려와 바지를 입었다.

“레이라, 이불 뒤집어쓰고 있어.”

네, 하고 레이라는 이불을 뒤집어썼다. 다시 문을 두드리는 소리가 울렸다.

"예~! 지금 엽니다!"

쿠로노가 문을 열자 티리아가 복도에 서 있었다.

"……."

쿠로노는 말없이 문을 닫았다. 그러자 다시 문을 탕탕 두드리는 소리가 울렸고, 살며시 문을 열었다.

"왜 닫은 거지?"

"잘못 봤나 싶어서. 그런데, 어째서 티리아가 여기에?"

"음. 너한테 전하고 싶은 말이 있어서 찾아왔다."

"그 정도는 심부름꾼을 시켜도 되잖아?"

"음, 시터한테는 서류 정리를 맡겨 놔서 말이지. 어쩔 수 없이 내가 왔다."

티리아는 득의양양하게 콧방울을 벌름거렸다.

"조금 이야기가 길어질 것 같다만, 들어가도 괜찮을까?"

"안 돼."

"왜 안 된다는 거냐?"

티리아는 의아하다는 듯이 고개를 갸웃했다.

레이라가 침대에 누워 있기 때문――이라고는 말하는 건 자백이나 마찬가지다.

"아, 음, 그게…… 그래! 막 일어난 참이라 어질러져 있으니까?"

"나는 별로 신경 안 쓴다만?"

"내가 신경 써! 저기 말이지, 역시 아무리 남자라고는 해도, 어질러진 방은 여자애한테 보여주고 싶지 않은 법이야."

"그런 건가? 흠, 어느 쪽이든 억지를 부리는 건 좋지 않겠지. 그러면 후작 저택의 집무실에서 기다리고 있도록 하겠다."

"응, 곧바로 갈게."

"기다리고 있지."

티리아는 고개를 끄덕이고 발걸음을 되돌렸다.

쿠로노는 티리아가 계단을 내려가는 걸 확인하고 나서 문을 닫았다.

"……쿠로노 님?"

"들었겠지만 나는 에라키스 후작의 저택에 가봐야 할 것 같아. 레이라는 평소처럼 있어. 아, 그리고 그런 사이가 되기는 했지만, 동료한테 너무 뽐내지는 마?"

"물론이에요."

쿠로노는 아르바이트 여직원이 점장과 사귀기 시작한 순간 건방진 태도를 보인다며 시간제로 일하던 어머니가 불평했던 날을 떠올리며 내심 가슴을 쓸어내렸다.

※

쿠로노가 후작 저택 집무실로 들어가자 티리아는 자리에 앉아 기다리고 있었다.

무슨 일이 있었던 것인지, 불과 십몇 분밖에 지나지 않았는데 기분이 안 좋아 보였다.

“늦었군.”

“이래 보여도 서둘러서 온 거야.”

“호오, 나는 철석같이 하프 엘프랑 는실난실 하고 있다고 생각했다만.”

“……무슨 말이야?”

쿠로노는 심장을 콱 붙잡힌 듯한 충격을 느꼈지만, 어떻게든 표정을 유지하며 되물었다.

“부하한테서 보고를 받았다.”

“잘못 본 거 아닐까?”

“……쿠로노.”

티리아는 작게 한숨을 내쉬었다.

“하프 엘프는 안 된다.”

“……어째서?”

“신분이 다르니까. 신분 차이가 나는 사랑은 겉보기에 아름다울 수도 있지만, 현실은 그렇지 않아.”

“티리아는 연애 경험이 있어?”

“있을 리가 없잖나. 이건 일반론이다.”

“흠, 그래서?”

“신분이 다르면 상대는 네가 아니라 네 뒤에 있는 돈을 본다. 장래 크로포드 남작가를 이을 너의 돈을 말이지.”

“대단히 빠삭하군.”

"당연하다. 이래 보여도 나는 황녀니까 말이야."

빈정댈 생각으로 말한 건데, 티리아는 득의양양하게 콧방울을 벌름거렸다.

"내가 하프 엘프는 안 된다고 말한 이유를 알겠지?"

"뭐. 이유는 알았어."

하지만 쿠로노는 물러설 생각은 없었다. 어쩌면 티리아가 말하는 대로 레이라에게 타산이 있을지도 모른다. 하지만 하프 엘프라는 이유로 많은 것을 포기해 왔던 그녀가 쿠로노를 원한다고 말했다. 매번 잃기만 하던 사람에게는 무척이나 큰 용기가 필요한 결단이었을 거다. 물론, 이건 쿠로노의 생각일 뿐, 진실이 어떤지는 모르지만, 그래도 쿠로노는 '제 사랑은 당신만의 것이에요'라고 말한 레이라를 믿고 싶었다.

뭐, 티리아에게 그런 말을 하면 화내겠지만, 하고 쿠로노는 작게 한숨을 내쉬었다.

"그래서, 용건은 뭐야?"

"음, 실은…… 좋은 소식과 나쁜 소식이 있다만, 어느 쪽부터 듣고 싶나?"

"나쁜 소식부터."

"알았다."

티리아는 고개를 끄덕였다.

"자, 나쁜 소식이다만…… 에라키스 후작이 죽었다."

"……그런가."

"반응이 담백하군. 좀 더 놀랄 줄 알았다."

"살아서 도망쳤다면 놀랐겠지만, 죽었다고 들으면 그야……."

사형당할 운명을 앞두고 스스로 목숨을 끊었다고 해봐야 '아아, 그런가' 하는 생각이 들 뿐이다.

"사인은?"

"음독사다. 아무래도 독을 어딘가에 숨겨놓았던 모양이야."

"……정말 자살이야?"

"내가 독살했다고 말하고 싶은 건가?"

쿠로노가 묻자, 티리아가 살짝 발끈해서 말했다.

"그게 아니라, 후작의 입을 막으려는 사람이 수작을 부렸을 수도 있으니까."

"그건 아닐 거다."

"어떻게 아는데?"

"감시를 세우고 있었으니까 말이지."

"그랬군."

"감시를 세우지 않고 방치할 정도로 나는 얼빠지지 않았다."

"자살인 건 알겠다만, 그럼…… 용케도 그 자리에 앉았군."

"응? 아아, 의자 말인가."

티리아는 등받이에 몸을 기댔다.

"제법 괜찮은 착석감이군."

"죽은 사람이 쓰던 의자인데, 저항감은 없어?"

"그렇게 따지면 후작 저택을 모조리 철거해야 한다는 이야기가 되잖나.”

티리아는 어이가 없다는 듯이 말했다.

“그래서, 좋은 소식은?”

“에라키스 후작의 후임이 정해졌다.”

티리아가 씨익 웃자, 쿠로노는 오한이 등줄기를 타고 올라왔다.

“그만 가봐도 돼?”

“안 된다. 그보다, 어째서 너는 항상 이야기 도중에 돌아가려 하는 거지?”

“항상 그런 게 아니야. 안 좋은 예감이 들었을 때뿐이야.”

“그럼 너는 나와 이야기할 때마다 안 좋은 예감이 든다는 거냐?”

“뭐, 대체로.”

“훗, 유감이지만 그 예감은 빗나갔다.”

티리아는 득의양양한 미소를 띠었다.

“그럼 에라키스 후작의 후임은 내가 아닌 거지?”

“…….”

쿠로노가 쭈뼛쭈뼛 묻자, 티리아는 입을 다물었다.

“어떻게 알았나?”

“안 좋은 예감이 들었으니까.”

티리아가 신음하듯이 말하자, 쿠로노는 깊은 한숨을 내뱉었다.

“어쨌든 후임은 너다. 오늘부터 너는 에라키스 후작이다.”

“거절할 수 없어?”

"어째서 거절하지?"

티리아는 진지한 얼굴로 되물었다.

"내가 맡을 자리가 아니야. 나는 영지 경영 문외한이고, 장래에는 크로포드 남작령을 이어야 해."

크로포드 남작령은 제국 남쪽 끝이고, 에라키스 후작령은 제국 북서쪽 끝에 가깝다.

두 영지가 가깝다면 또 모를까 이만큼 떨어져 있으면 제대로 경영할 수 없다.

"네가 크로포드 남작령을 잇는 건 몇 년이나 후의 일이잖나? 그 사이에 대책을 생각하면 된다."

"그럴지도 모르지만, 영주 임명 같은 걸 티리아 마음대로 해도 괜찮아?"

"그다지 괜찮지는 않지만, 비상사태니까 말이지. 아버님도 인정해 주실 거다."

티리아는 복잡한 듯이 미간을 찌푸리며 말했다.

"즉, 약간 강행했단 이야기군. 하나 묻고 싶은데, 어째서 나야?"

"……흠."

티리아는 생각에 잠기는 것처럼 팔짱을 꼈다.

"한마디로는 말하기 어렵지만, 네게 기대하고 있기 때문이지."

"별로 말하기 어렵지 않은 것 같은데."

생각지 못한 평가에 온몸이 뜨거워졌지만, 쿠로노는 태연하게 대답했다.

"하지만 솔직한 마음이다. 너는 실기도, 이론도 '엉망엉망'이었지만——."
"너무하네."
"그런가? 일부러 조금 부드러운 표현을 써봤다만."
"어디가 부드럽다는 거야?"
"'엉망엉망'이라고 했잖나. 조금 귀여운 느낌이 들지 않았나?"
"아니, 별로."
"그런가……."
티리아는 약간 실망한 듯 약간 고개를 숙였다.
"그래서, 어떻게 할 거지?"
"알았어. 할게."
"다행이군."
티리아는 만족스러운 듯이 미소 지었다.
"그런데 예산은 어느 정도 있어?"
"없다만?"
티리아는 즉답했다.
"이상하네. 내 말투가 문제였나? 황녀 전하, 활동 자금은 얼마 정도 받을 수 있을는지요?"
"그러니까 없다. 해고한 사용인들에게 퇴직금을 줬으니까 후작 저택의 금고에는 진주화 한 닢도 남아 있지 않아."
"사용인까지 해고해 버린 거야?"
"에라키스 후작을 섬기던 사용인이 있어도 네게 좋은 건 없다.

그냥 호기롭게 퇴직금을 주고 그만두게 하는 편이 좋아. 아니면 너는 퇴직금도 없이 내쫓으라고 말하고 싶은 건가?"

"그런 건 아니지만, 돈도 없고 사람도 없으면 어떻게 영지를 경영하라고?"

"10월까지 버티면 세를 징수할 수 있다."

"아니, 그때까지 어떻게 버티냐가 문제잖아."

역시 거절했어야 했나 하고 쿠로노는 한숨을 내쉬었다.

"애초에 그 세를 징수하는 것도 사무관이 있어야 하고……."

"사무관이라면 내 부하를 두고 가지."

"그래도 돼?"

"원래부터 그걸 위한 인재니까 말이다. 그런 이유이니 사무관 걱정은 필요 없다."

"일단 현황을 확인해야겠어."

"그거라면 보고가 올라와 있다."

티리아는 양피지 한 장을 손에 들었다.

"듣자니 미지급 급여가 금화 6만 닢 있다는 것 같더군."

"6만 닢?!"

쿠로노는 자기도 모르게 외쳤다.

"전사자 몫을 제하면 금화 3만 9천 닢이라는 것 같다."

"그렇다고 하더라도 엄청난 액수야. 이런 빚이 있는 상태에서 어떻게 하라는 거냐고."

"뭐냐, 조금 전부터 돈, 돈, 돈 하고."

"티리아가 생각 없이 퇴직금을 내지만 않았어도 이렇게는 되지 않았어."

"아니, 뭐, 그건 미안하다고 생각한다만……."

"그만 됐어. 예산은 내가 어떻게든 할 테니까."

쿠로노는 한숨을 내쉬고 집무실을 뒤로했다.

※

"대장, 이 상(像)은 어디에 두면 좋습까?"

"보기 쉽도록 적당히 늘어놔 주면 돼."

"알겠습다."

미노는 끌어안고 있던 나부상(裸婦像)을 입구 홀 바닥에 내려놓았다.

인간 크기의 나부상이지만, 미노와 비교하면 작아 보인다.

"이걸로 마지막이려나?"

"예입, 보물 창고에 있던 건 이 상이 끝임다."

"이것 참, 많이도 모아 놨네."

쿠로노는 입구 홀을 둘러봤다. 거기에는 미술품이나 공예품, 무기, 매직 아이템 등이 빼곡하게 늘어서 있다. 전부 에라키스 후작의 수집품이었다.

"왜 그러심까?"

"왠지 모르게 말이지만, 통일감이 없는 듯한 느낌이 들어서."

수집가는 특정한 장르나 시리즈와 관련된 것을 모은다. 적어도 방향성 정도는 존재할 터다. 그런데도 이곳에 에라키스 후작의 수집품들은 공통점이나 방향성이 보이지 않았다. 닥치는 대로 모은 듯한 느낌이었다.

뭐, 무슨 생각으로 모았는지 따위는 상관없나, 하고 쿠로노는 부하들—— 리저드, 호르스, 레오, 시로, 하이이로, 골디, 레이라에게 시선을 향했다.

"다들 병상에서 일어난 지 얼마 안 되었는데 고마워."

"감사 같은 건 괜찮습다. 둔해진 몸을 다시 단련하는 데는 부족할 정도임다."

쿠로노가 말을 건네자 미노가 대표하여 대답했다.

"대장, 해놓고서 뭣하지만 이런 짓을 해도 괜찮은 검까?"

"응, 그거 말인데, 실은 티리아한테 다음 에라키스 후작으로 임명받았어."

"예? 그럼……."

"지금은 내가 에라키스 후작이라는 거지."

"축하드림다."

"단지, 이 이야기에는 뒷 내용이 있어서……."

"예입, 어떤?"

"돈이 없어."

아차~, 하고 미노가 얼굴을 덮었다.

"대장, 그건 곤란함다. 돈이 없는 건 머리가 없는 거랑 마찬가지란 말임다."

"그러니까, 에라키스 후작의 수집품을 팔아서 돈을 벌고자 생각한 거야."

긁어 부스럼을 만들고 싶지는 않기에 미지급한 급여도 줄 수 없을 것 같다고는 말하지 않았다.

그런 자신의 소심함이 싫어지지만, 어쩔 도리가 없는 건 어쩔 수 없는 것이다.

"대장이 수집품을 팔아서 돈을 벌려 하고 있다는 건 알았습다만, 어째서 이런 곳에 늘어세우는 검까?"

"팔아 버린다고 하더라도 목록을 만들고 나서 팔아야겠지."

"재빨리 팔아치우는 게 편해서 좋을 거라고 생각함다만."

"어떤 물건이 있고, 얼마에 팔았는지 파악해 두고 싶어."

"뭐, 대장이 그러겠다면야."

여러 물건을 팔려면 필요한 작업이지만, 미노는 영 납득하고 있지 않은 모양이었다.

"레이라, 목록 작성하는 걸 도와줘."

"그, 쿠로노 님……."

쿠로노가 필기도구── 양피지를 붙인 판과 깃털 펜, 잉크병을 내밀어도 레이라는 받아들려고 하지 않았다. 살짝 턱을 당기고 눈으로 무언가를 말하고 있었다.

"왜 그래?"

"대장, 레이라는 글자를 쓸 수 없슴다."

"죄송해요."
미노가 대답하고, 레이라는 고개를 숙였다.
"그랬어?"
"읽고 쓰기가 되는 녀석은 그렇게 많지 않습다."
"물건을 살 때는 어떻게 해?"
"글자를 읽지 못해서 곤란했던 적은 없습다."
"그럼, 숫자는? 숫자는 셀 수 있어?"
"그야 수라면 셀 수 있습다."
으음, 하고 쿠로노는 신음했다. 읽고 쓰기는 못 하는데 수는 셀 수 있다. 글자보다 산수가 더 생활과 밀접하다는 뜻일까. 지금 그런 생각을 해도 어쩔 수 없나.
"이 중에서 읽고 쓰기, 산수가 되는 사람, 거수!"
"할 수 있습니다."
골디가 조심스레 손을 들었다.
"어디서 배웠어?"
"대장장이로 일하고 있을 때 배우게 됐습니다. 어느 정도 읽고 쓰기가 되야 상인에게 속지 않으니까 말입니다."
"과연."
문맹률은 90% 정도, 아니, 더 높을지도 모른다.
지금까지 생각해 본 적도 없었지만, 이 세계에서 지식은 특권층의 전유물이었다.
"골디, 잘 부탁해."

"맡겨주십시오."
쿠로노는 골디에게 필기도구 세트를 건네고, 가장 끝에 있는 나부상으로 향했다.
"1번, 나부상. 2번, 항아리. 3번——"
"1번은 나부상, 2번은 항아리, 3번은——"
쿠로노가 품명을 말하고, 골디가 양피지에 그걸 써나갔다.
"……20번, 폴 액스?"
"쿠로노 님, 이건 카누치가 만든 매직 아이템입니다."
쿠로노가 고개를 갸웃하며 말하자, 골디가 설명해 주었다.
"카누치? 대장장이의 옛 호칭 아니었던가?"
"카누치는 대장장이의 문파입니다."
"그렇구나."
쿠로노는 아무래도 이 세계에 와 있는 인간이 많을지도 모른다는 생각이 들었다. 하지만 생존하는 사람은 몇 없으리라. 말이 통하지 않는다는 점부터가 치명적이다. 전이한 장소가 안 좋거나, 처음 만난 상대가 우호적이지 않을 경우도 절망적이다.
운 좋게도 살아남아 사회적으로 성공한 자만이 카누치처럼 자신의 자취를 남길 수 있다. 그렇게 생각하면 쿠로노는 터무니없는 행운아라는 의미가 되지만…… 이 세계에 떨어진 시점에서 터무니없는 불운인지도 모른다.
"카누치가 만든 무기는 비싸게 거래되고 있습니다. 매직 아이템은 그 가치를 헤아릴 수가 없지요."

"어떤 힘이 있는지 알아?"
"사용법이 적힌 상자가 어딘가에 있을 터입니다만."
설마 했던 설명서, 하고 쿠로노는 폴 액스를 바라봤다. 길이가 2m를 넘는 무기였다. 도끼는 양날로 한쪽이 크게 만들어져 있고, 끝부분은 창날의 끝부분 같았다. 밑동은 분동(저울추)처럼 되어 있어 사람의 두개골도 쉽게 쪼개 버릴 수 있을 것 같았다.
"미노 씨, 들 수 있겠어?"
"그야 이 정도쯤은."
미노는 가볍게 폴 액스를 들어 올렸다.
"그럼, 그건 미노 씨 걸로."
"대장, 진심이심까?"
"무기로 쓸 수 있다면 그편이 더 좋으려나 싶어서."
감동한 것인지 미노는 떨고 있었다.
"다음은…… 유리? 아니, 수정?"
"쿠로노 님, 그건 멀리 있는 상대와 대화할 수 있는 매직 아이템이에요."
쿠로노가 나무 상자에 담긴 20개 정도의 구체를 바라보자, 레이라가 설명해 주었다.
"거리는 어느 정도?"
"하셀 안이라면 어디에 있든 대화할 수 있습니다."
"편리하겠네. 어째서 사용하지 않았던 거지?"
"그야, 비싸니까 그런 검다."

“아아, 그런 건가.”

통신용 매직 아이템은 실용품이 아니라 수집품이다.

자랑하기 위한 물건이지, 사용하는 물건이 아니다.

“나중에 나눠줄게.”

“괜찮겠습까?”

“나는 수집가가 아니니까 말이야.”

쿠로노는 가볍게 어깨를 으쓱였다.

“다음은 활인가.”

쿠로노는 활을 주의 깊게 살펴보았다.

아무래도 이 활은 여러 가지 재료를 써서 만든 것 같았다.

“그건 합성궁이로군요.”

“대단한 거야?”

“장궁과는 비교도 되지 않는 사정거리와 위력입니다.”

“흐음, 그렇단 말이지…….”

쿠로노는 찬찬히 활을 바라봤다.

“양산할 수 있어?”

“공방이 있으면 가능할 겁니다.”

“공방이라.”

돈이 나가는 건 피하고 싶지만, 좋은 장비들이 있으면 부하들의 목숨을 지킬 수 있을지도 모른다.

그렇다면 답은 간단하다. 고민할 것도 없다. 그러나 딱 하나 문제가 있다.

"하지만 골디 혼자서는 양산할 수 없지? 짐작 가는 직공이 있어?"
"문제없습니다."
골디는 가슴을 펴고 말했다.
조금 걱정스럽지만, 자신 있어 보이니 믿어보기로 했다.
"알았어. 공방을 세우자."
"괘, 괜찮으신 겁니까?"
"응, 하지만 다른 직공을 구하거나 공방 건설은 다 떠맡기게 될 것 같은데……."
"무, 문제없습니다! 분골쇄신의 각오로 열심히 하겠습니다!"
"그럼 공방 이야기는 나중에 하기로 하고 먼저 목록을 만들어 버리자."
쿠로노는 합성궁을 바닥에 되돌리고 목록 작성을 재개했다.
"항아리, 항아리, 항아리, 그릇, 그릇, 회화, 회화…… 자이언트 해머?"
"그것도 카누치의 작품이군요."
"그렇다는 건 매직 아이템인가."
자이언트 해머의 길이는 아까 봤던 폴 액스와 비슷했다.
상대가 생물이라면 무엇이 됐든 때려죽일 수 있을 것 같았다. 물론 휘두를 수 있을 때 이야기지만.
문득 옆을 보니 리저드와 눈이 마주쳤다.
"그럼, 자이언트 해머는 리저드한테."

"……감사."

리저드는 쿠로노 쪽을 보고 오른 주먹을 왼쪽 가슴에 놓았다. 이것이 제국군의 경례다.

"항아리, 항아리, 회화, 회화, 손바닥 크기 나부상…… 50번, 대검. 이것도 카누치 작품?"

"혜안이시군요."

"무기가 2연속으로 카누치 작품이었으니까, 이것도 그러려나 하고 생각한 것뿐이야. 대검은 레오한테."

"고맙게 받겠다. 이 검에 부끄럽지 않은 활약을 하겠다."

레오는 대검을 손에 쥐고 쿠로노에게 경례했다.

"조각, 조각, 검이 두 자루…… 이것도 카누치가 만든 매직 아이템?"

"그렇습니다."

이거라면 나도 다룰 수 있을 것 같아, 하고 쿠로노는 검을 손에 들었다.

그러자 시로와 하이이로가 기대에 차서 눈을 반짝이며 쿠로노를 바라보고 있었다.

"…………이 검은 시로랑 하이이로가 써."

"나, 기뻐!"

"꼭, 쿠로노 님의, 도움 될래!"

쿠로노는 떨어져 나갈 것만 같이 꼬리를 흔드는 시로와 하이이로의 모습에 흐뭇한 웃음을 지으며, 목록을 완성하고자 계속해서 품명을 말했다. 50건쯤부터 넌덜머리가 나기 시작했지만, 언젠가 끝나겠지 하고 참으며 작업을 계속했다. 골디가 팔의 통증을 호소했기에 몇 번인가 중간중간 휴식을 취하면서——.

"660번…… 마지막은 검인가. 이것도 카누치가 만든 매직 아이템?"

"이건 매직 아이템이 아닌 것 같습니다만."

"응? 자루에 문장(紋章)이 있네?"

어딘가에서 본 듯한데, 하고 쿠로노는 고개를 갸웃했고——.

"아아, 황실의 문장인가. 이건 못 팔겠군."

"팔았다가는 목이 날아갈지도 모릅니다."

"그럼 이건 내 허리에."

황실 문장이 새겨져 있으니까 뭔가 도움이 될 것이다.

"골디, 목록은?"

"조금만 기다려 주셨으면 합니다."

10분 정도 경과하고——.

"다 끝났습니다! 합계 660점. 상세는 항아리 2백 개, 그릇 300장, 회화 50장, 큰 조각상이 10개, 작은 조각상이 50개, 장식품 50개입니다."

"꽤 되네. 얼마 정도가 될 것 같아?"

"그건 알 수 없군요."

"골디도 모르는 거야?"

"제 전문은 물건을 만드는 것이니까 말입니다."

골디는 복잡한 듯이 미간을 찡그렸다.

"시세를 모르면 헐값에 후려치기 당할 것 같은데. 뭔가 좋은 아이디어 없나……."

"쿠로노 님, 괜찮을까요?"

"레이라, 뭔가 떠올랐어?"

"상인들에게 견적을 내 달라고 하면 괜찮지 않을까요?"

"좋은 아이디어네."

"아, 아뇨, 그렇지는 않습니다."

레이라는 쑥스러운 듯이 어깨를 움츠렸지만, 나쁘지 않은 아이디어다.

이사를 할 때 여러 업자에게 견적을 받는다는 이야기를 들은 적이 있다.

상인에게 견적을 받으면 그냥 내다 파는 것보다는 많이 받을 수 있다.

하지만 이것도 상인이 실제로 파는 가격보다 낮을 수가 있다.

더 비싼 값에 팔 방법은 없을까, 하고 쿠로노는 팔짱을 꼈다.

※

픽스 상회는 케페우스 제국 각지에 지점을 둔 대상회다. 니콜라는 에라키스 후작령 지점을 맡은 고참 상회원(商會員)으로, 장사의 재능이 부족해 남들보다 몇 배나 시간을 들여 겨우 지점을 맡게 되었다.

에라키스 후작령 지점의 점장이라는 자리는 니콜라 같은 인재에게 준비된 마지막 꽃길이었다. 성실함만이 장점인 늙은이라는 말을 들은 것이나 마찬가지였다. 그래도, 아니, 그래서 성실하게 상회 일을 처리했다. 어떤 상대도 차별하지 않고, 견습 상회원도 착실하게 돌봐줬다. 그런 니콜라에게 한 쌍의 남녀가 찾아온 것은 어느 날의 저녁이었다.

남자는 스물이 채 안 돼 보이는데도 몸이 탄탄하고, 얼굴에는 이마에서 뺨에 걸쳐 커다란 상처가 있었다. 오른쪽 눈은 시력을 잃었는지 감고 있었다. 행동거지에서 추측건대 군인인 듯했다.

한편, 여자는 하프 엘프였다. 스물을 갓 넘은 얼굴이었지만, 엘프는 나이를 외관으로 눈어림할 수가 없다. 엘프는 인간의 2~5배는 오래 산다고 하니, 하프 엘프도 인간보다는 오래 살 것이다.

그녀는 몸이 상당히 왜소했다. 영양실조 기미일지도 모른다. 옷도 초라한 옷을 입고 있었다. 니콜라는 이 청년이 산 창부인가 생각했다.

"어떠한 용건이신지요?"

"이 아이에게 적당한 옷을 골라 주었으면 합니다."

니콜라가 영업용 미소를 띠고 대응하자, 청년이 그런 말을 했다.

말투가 정중한 걸 보아 니콜라는 이 남자가 상당한 교육을 받았다고 판단했다.

그렇다는 건 사관── 즉 귀족일 터. 다시 말해 에라키스 후작의 관계자가 틀림없었다.

"그러면 이 옷은 어떠신지요?"

니콜라는 아주 짙은 남색 스커트와 베이지색 튜닉, 스커트와 같은 색깔의 조끼를 내밀었다.

"한 번 입어 봐도 되겠습니까?"

"예, 탈의실은 이쪽입니다. 베스, 이쪽 손님분을 안내해 주십시오."

니콜라는 견습 상회원인 베스를 불러 하프 엘프 여성을 안내시켰다.

잠시 후 청년이 머뭇머뭇 입을 열었다.

"저기, 실은 긴히 상담할 것이 있습니다만."

"무엇인지요?"

"어떤 고귀한 분으로부터 미술품 매각을 명령받았습니다만, 시세를 알 수가 없어서 말이죠."

"그건 난처하시겠군요. 괜찮으시다면 제가 상담에 응해 드리겠습니다."

그건 본심에서 나온 말이었다. 물론 상회의 이익도 중요하지만, 이 청년을 도와주지 않으면 미술품은 헐값에 팔려나갈 테고, 그는 에라키스 후작에게 질책을 받게 될 것이다,

어린아이가 마차가 오가는 도로에 뛰쳐나가려 하면 막아야 한다. 그것이 사람으로서 당연한 도리다.

"그러면 부탁드려도 되겠습니까?"

"예, 기꺼이."

아, 하고 남자가 작게 목소리를 냈다.

"왜 그러십니까?"

"말씀드리는 게 늦었군요. 저는 쿠로노라고 합니다. 클로드 크로포드 남작의 아들이라고 하면 아실까요?"

"예, 알고 있습니다."

니콜라와 같거나 그보다 윗세대라면 한 번쯤은 클로드 크로포드 남작의 이름을 들은 적이 있을 터다.

"실례했습니다. 저는 니콜라라고 합니다."

니콜라는 남자── 쿠로노와 악수를 했다.

"이 뒤에 곧바로 상담에 응해 주시는 건 가능할까요?"

"예, 문제없습니다."

"그거 다행입니다."

쿠로노는 안도한 것처럼 미소를 지었지만, 니콜라는 금방 자신의 말을 후회하고 말았다. 660점에 이르는 미술품을 감정하게 된데다, 실제 매각은 다음 날이었으니까.

※

다음 날── 니콜라는 지점을 부하에게 맡기고 견습 상회원인 베스와 에라키스 후작 저택으로 향했다.

마차를 타고 에라키스 후작 저택 부지에 들어가자 베스가 입을 열었다.

“지점장님, 지점장님!”

“무엇입니까?”

“저희는 이대로 죽는 게 아닙니까?”

“그럴 일은 없습니다.”

니콜라는 쓴웃음을 지었다.

“시세는 알았으니 볼일은 없다! 하면서 최후를 맞이하는 건 싫다고요!”

“지나친 걱정입니다.”

니콜라는 마차를 세우고 금화가 가득 든 상자를 안고 후작 저택에 들어갔다.

그러자 열기가 몰려왔다. 입구 홀에는 수많은 아인과 인간들이 모여 있었다.

아인이 홀을 둘러싸고, 인간―― 상업지구에 가게를 둔 상인들은 의자에 앉아 있었다.

니콜라와 베스는 비어 있는 자리에 앉았다.

“무슨 일이 있는 걸까요? 그보다, 저 단상 위에 처형인이 서는 게 아닐까요?”

“조금 조용히 해주세요.”

니콜라는 정면에 있는 단상을 바라봤다. 잠시 후 쿠로노가 단상에 올라왔다.

“여러분, 저는 쿠로노 크로포드라고 합니다. 이번에 에라키스 후작령 통치를 위임받게 되었습니다."

쿠로노가 말을 거기서 끊자, 상인들은 술렁였다.

공포라고 하기도, 두려움이라고 하기도 어려운 표정이었다.

"저는 앞으로의 활동 자금을 얻기 위해 전임자가 남긴 재산을 적정 가격으로 양도하고자 합니다. 오늘 거래는 여러분도 잘 아시는 경매 방식으로 진행하겠습니다!"

당했다. 쿠로노는 자기 말고 다른 상인에게도 이야기를 건넨 후였다.

게다가 상인을 모아놓고 경매를 진행하여 이익을 최대한 챙길 생각을 하고 있었다.

"우선은 북쪽에 있는 자유도시 국가군(國家君)의 조각가가 만든 나부상입니다! 금화 4백 닢부터 시작하겠습니다!"

"4백 10!"

"4백 30!"

"5백!"

"네, 낙찰!"

"늦었네요."

"그러게요."

베스의 말에 고개를 끄덕였다. 보통은 서로 조금 더 견제하는 법이지만, 눈 깜짝할 사이에 가격이 올라 버렸다. 너무나 부자연스러운 가격 상승이었다.

혹시, 하고 니콜라는 조금 전의 상인들 표정을 떠올렸다. 어쩌면 그중에 미술품을 헐값에 후려치려 했던 사람이 있을지도 모른다. 새로운 영주 앞에서 악덕 상인이라는 오명을 불식하기 위해 필사적으로 몸부림치고 있는 거다.

오명이 퍼지면 자신만이 아니라 상회에도 부정적인 영향이 미친다. 그건 상인으로서의 죽음이다. 만약 그가 거기까지 계산해서 여러 상인에게 말을 건 것이라고 한다면 두려울 정도의 교활함이었다.

"다음은 3백 년 전에 만들어진 사달산 항아리입니다! 금화 30닢부터!"

"35닢!"

"40!"

"45!"

"47!"

"으아아! 지점장님, 빨리 참가하자고요!"

"아뇨, 그럴 수는 없습니다."

항아리의 적정 가격은 금화 50닢이다. 그걸 금화 47닢 이상으로 낙찰하는 건 리스크가 너무 높다. 하지만 물건을 아무것도 사지 않을 수도 없다. 그랬다간 새로운 영주에게 밉보일 테니까. 동업자들에게도 얕보일 거다.

"48닢!"

"네, 낙찰입니다! 자, 다음은——"

완벽하게 당했다, 하고 니콜라는 웃을 수밖에 없었다.

※

다음 날 저녁—— 니콜라는 낙찰받은 미술품을 베스와 함께 마차에 옮기고 있었다. 어젯밤은 집에 돌아가지 못했다. 경매가 밤까지 계속된 것도 이유이지만, 묵고 가라는 말을 들었기 때문이다. 게다가 방범 상의 이유로 방에서 나가는 것도 금지당했다.

상인끼리의 대화—— 담합을 막으려는 조치였다.

"그다지 못 샀네요."

"어쩔 수 없습니다."

니콜라는 의기소침한 베스를 위로했다. 그릇을 중심으로 60점 남짓 되는 자질구레한 것들을 샀다. 덕분에 피해를 최소한으로 억눌렀지만, 새로운 영주와 관계를 생각하면 회화나 조각 등의 큼직한 것을 하나 정도는 샀어야 했을지도 모른다는 생각이 들었다.

아니, 내 선택을 옳았을 터다, 하고 니콜라는 고개를 내저었다. 분명 아직 열기가 남아 있는 것이리라. 그만큼 경매의 열기는 굉장했다.

니콜라가 마차에 타려고 한 그때——.

"픽스 상회분!"

"무엇인지요?"

목소리가 난 쪽을 보니 하프 엘프 여성이 달려왔다.

“쿠로노 님께서 부르고 계십니다.”

“저를? 무슨 용건일까요?”

“거기까진 말씀하지 않으셨습니다.”

하프 엘프 여성은 곤혹스러운 듯이 대답했다.

“어떻게 하시겠습니까?”

“물론, 가겠습니다.”

니콜라는 하프 엘프 여성의 선도를 따라 후작 저택 3층에 있는 응접실로 안내받았다.

“수고하셨습니다, 니콜라 씨.”

응접실에 들어가자 쿠로노가 말을 걸었다.

쿠로노는 만면의 미소를 띠고 소파에 앉아 있다.

실로 좋은 미소다. 뭐, 이틀 만에 금화 3만 닢 이상을 벌었으니 웃음도 나오리라.

“자, 앉아 주시죠.”

“감사합니다.”

니콜라는 쿠로노 맞은편에 앉았다.

“경매는 어땠지요?”

“쿠로노 님께서 더 잘 알고 계시지 않습니까?”

그렇죠, 하고 쿠로노는 고개를 끄덕였다.

“제게 무슨 용건입니까?”

“그거 말입니다만, 실은 픽스 상회…… 라기보다도 니콜라 씨가 어용 상인이 되어 주셨으면 합니다.”

"어째서 저입니까?"
니콜라는 자기도 모르게 되물었다.
"접객이 좋았기에."
쿠로노가 시선을 향하자, 하프 엘프 여성은 부끄러운 듯이 고개를 숙였다.
아무래도 정부(情婦)라는 추측이 틀리지 않았던 모양이다.
"우선 병사의 식량을 부탁하고 싶습니다. 대략 650명의 부하가 있는데, 얼마 정도의 금액이 되겠습니까?"
"아아, 그러시다면."
니콜라는 밀 가격에 관해 설명하며 금액을 제시했다.
쿠로노는 만족스러운 듯이 고개를 끄덕이고――.
"5년 계약으로 어떨까요? 부하가 늘어났을 때는 이 금액을 기준으로 인원만큼 증액하는 방식으로."
"그거라면……."
니콜라는 고개를 끄덕이려다가 어찌어찌 멈췄다. 위험해, 위험해. 또다시 태도나 분위기에 현혹될 뻔했다. 쿠로노는 제법 만만치 않은 자였다.
"그렇게 되면 흉작이 났을 때는 제가 손해를 보는 것 아닐는지요?"
"그러니까 5년 계약인 겁니다."
"……과연."
니콜라는 고개를 끄덕이며 다시 계산했다. 지금 시세는 변동

폭의 중간 정도. 게다가 풍작일 때 밀을 비축하면 위험을 줄일 수 있다. 나쁜 거래는 아니었다. 다만…….

"수량과 어느 정도 품질만 유지되면 방식은 맡기지요."

"———!"

이쪽의 속마음을 꿰뚫어 본 듯한 말에 니콜라는 숨을 삼켰다.

"알겠습니다. 그 제안을 받아들이겠습니다."

"고맙습니다."

니콜라는 쿠로노와 악수했다.

"……실례일지도 모르겠습니다만, 쿠로노 님은 정말로 귀족이신지요?"

"예, 물론입니다."

쿠로노는 씨익 미소 지었지만, 진심이 담겨있지 않았다. 마치 시답잖은 것을 보고 있는 것만 같았다. 어쩌면 그에게 있어 귀족이란 그렇게 중요한 것은 아닐지도 모른다. 니콜라는 몸을 부르르 떨었다.

※

"지쳤다~."

쿠로노는 방에 들어가자마자 침대에 쓰러졌다.

병실이 아니라 후작 저택 3층—— 객실의 침대다.

"역시 이런 일은 나랑 안 맞아~."

영주도 사회자도 통 익숙해지지 않는 일이었지만, 요 이틀간의 일을 떠올리면 자기도 모르는 사이에 입가에 미소가 떠올랐다.

“오늘은 느긋하게 잘 수 있을 것 같네.”

쿠로노가 눈을 감은 순간 똑똑, 하고 노크 소리가 들려 눈을 떴다.

침대에서 내려와 문을 열자 레이라가 복도에 서 있었다.

“무슨 일이야?”

“쿠로노 님, 총애를 받고자 하여.”

쿠로노가 묻자 레이라는 부끄러운 듯이 고개를 숙이며 대답했다.

“방해였다면――”

“아니, 그렇지 않아.”

쿠로노는 레이라를 방에 불러들이고 문을 닫았다.

뒤돌아보자 레이라는 침대에 앉아 있었다. 기분 탓인지 눈이 촉촉하게 젖어 있는 것 같았다.

쿠로노가 앉자 레이라는 바싹 달라붙었다. 레이라의 어깨를 끌어안고 옷 위로 가슴을 만졌다.

“……쿠로노 님.”

“으, 응?”

“쿠로노 님에게 사랑받을 수 있어서 기뻐요.”

“나도야.”

레이라 같은 미인을 사랑할 수가 있는 것이다. 기쁜 게 당연하다.

"저기, 쿠로노 님?"

"뭔데?"

"이번에는 도움이 되지 못해서 죄송해요."

"아니, 신경 쓰지 않아도 돼."

"감사합니다."

레이라는 휴, 하고 숨을 내쉬었다.

"사랑해요."

"나도야."

쿠로노는 천천히 단추를 풀었다. 상의를 벗기자 흉터 자국이 드러났다.

문득 이대로 괜찮은 걸까 하는 생각이 솟아났다.

레이라를 안을 수 있는 건 기쁘고, 기분이 좋다.

하지만 그건 정말로 사랑일까? 그녀의 사랑에 보답하고 있다고 말할 수 있을까?

이건 일방적으로 착취하고 있는 것뿐이 아닐까?

그런 의문이 떠올라서는 사라지고, 사라져서는 또다시 떠올랐다.

"레이라는 읽고 쓰기를 할 수 없던가?"

"죄송합니다."

레이라가 미안한 듯 말했다.

쿠로노가 일어나자 레이라가 옷 소매를 붙잡았다.

"뭔가 실례되는 점이 있었나요? 만약 그런 게 있었다면——"
"아니, 그런 게 아니야. 이쪽으로 와."
쿠로노는 책상에 다가가 의자를 당겼다.
"앉아 봐."
"네, 넵."
레이라는 곤혹스러운 듯한 표정을 보이면서도 순순히 의자에 앉았다.
쿠로노는 깃털 펜으로 알파벳과 닮은 26개의 글자를 양피지에 썼다.
"……쿠로노 님, 오늘 밤은 사랑해 주시지 않는 건가요?"
"오늘 밤부터 레이라한테 읽고 쓰기…… 공부를 가르치려고 생각해."
"공부를요?"
레이라는 영문을 모르겠다는 것처럼 미간을 찌푸렸다.
"어떻게 하면 레이라의 사랑에 보답할 수 있을지 생각했어."
"그게 공부인가요?"
"응. 돈은 나 혼자 어떻게 할 수 있는 게 아니라서 어렵고……."
"아뇨! 돈은 필요 없어요! 쿠로노 님의 곁에 두어주시는 것만으로도 만족해요!"
"고마워."
쿠로노는 솔직한 마음으로 감사의 말을 입에 담았다.
"뭐, 그래서 내 힘으로 도와줄 수 있는 공부를 가르쳐주자 하고 생각했다는 거지. 장래를 생각하면 필요하려나 싶어서."
"알겠습니다. 감사히 가르침을 받도록 할게요."
쿠로노는 가슴을 쓸어내렸다.
"우선 가장 기본인 글자부터 가르칠게. 소리 내서 읽고 나서 쓰는 연습을 하자."
"……네."
쿠로노는 글자를 하나씩 읽어 나가기 시작했다.

쿠로노 전기

이세계 전이한 내가 최강인 건

침대 위에서만인 것 같습니다

제 4 장 『여주인과 꽃 파는 소녀』

경매를 개최한 다음 날── 쿠로노가 눈을 떴을 때, 레이라의 모습은 이미 없었다.

어젯밤은 글자를 가르치고 같이 침대에서 잤다. 물론 야한 짓은 하지 않았다.

"너무 폼을 잡았나. 아니, 그게 옳아."

쿠로노가 몸을 일으킨 그때, 문을 똑똑 두드리는 소리가 들려왔다.

안 좋은 예감이 들었지만, 문을 열지 않는다는 선택지는 없다.

"예~, 지금 엽니다!"

침대에서 내려와 문을 열자 복도에 티리아가 서 있었다.

"……."

"닫지 마라!"

쿠로노가 말없이 문을 닫으려 하자, 티리아가 끈질긴 세일즈맨처럼 문틈에 발을 끼워 넣었다.

"닫혀라닫혀라닫혀라닫혀라!"

"뭘 하는 거냐, 너는!"

쿠로노가 여세를 몰아 문을 닫으려 하자, 티리아는 시뻘게진 얼굴로 호통쳤다.

"그래서, 무슨 용건이야?"

"경매 건을 칭찬해 주고자 생각해서 온 거다. 잘했다."

하지만, 하고 티리아는 뒷말을 이었다.

"하지만 하프 엘프를 후작 저택에 데리고 들어오다니, 어떻게 된 거냐!"

"저는 무슨 이야기인지 모르겠군요."

"숨겨 봤자 이미 다 알고 있다! 나는 하프 엘프가 네 방에서 나가는 장면을 목격했다고!"

"뭐?"

"감시하는 사람이 없다고 방심한 너의 실수다."

티리아는 득의양양한 듯이 풍만한 가슴을 폈다.

"맙소사, 계속 감시하고 있었던 거야?"

"물론이다."

쿠로노의 질문에 티리아는 콧김 거칠게 대답했다.

"신분 차이가 나는 사랑은 안 된다고 말했잖나. 이상한 소문이 나면 내 체면에 문제가 생긴다. 부탁이니까 똑바로 해다오."

티리아는 미간을 찌푸리고는 이쪽을 노려봤다.

"대답은?"

"선처하겠습니다."

으윽, 하고 티리아는 작게 신음했다.

"용건은 그것뿐이야?"

"그럴 리가 없지 않나. 진척을 들으려고 온 거다."

"진척이라니, 뭐의?"

"인재 모으기인 게 당연하잖나."

티리아는 어이없다는 얼굴로 말했다.

"혹시, 시작하지 않은 거냐?"

"뭐든 돈을 벌어야 시작할 수 있었으니까, 아직 아무것도 안 한 게 뻔하잖아."

"으윽, 화, 확실히 원인의 일부는 내 책임이다만……."

티리아는 신음하며 주먹을 떨었다.

"어떤 인재를 모아야 하지?"

"사무관 말고 다른 인재다."

"그럼 메이드, 요리사, 경리…… 아아, 공방도 만들어야 한다."

"공방이라고?"

티리아는 고개를 갸웃했다.

"응, 무기나 방어구를 만드는 그 공방."

"그건 상관없다만, 직공은 어떻게 구할 거지?"

"골디는 짐작 가는 데가 있다고 했었어."

"짐작이라는 건 아직 확정이 아니라는 거군?"

"뭐, 그렇지."

"알았다. 직공이 확보되면 말해라. 시터에게 공방을 세우도록 지시를 내리지."

"고마워. 그런데, 메이드, 요리사, 경리는 어떻게 모으면 된다고 생각해?"

"나한테 묻지 마라."
"그렇겠지."
쿠로노는 작게 한숨을 내쉬었다.
"일단 밖에 나가면 어떻게든 되는 거 아니겠나?"
"막연한 조언이군."
"이러니저러니 생각하기보다도 행동해야 한다."
"산책만 하다 끝날 것 같은 느낌이 드는데."
"건강에 좋지 않나."
건강해져서 어쩔 거냐고 생각했지만, 기분 전환은 필요할지도 모른다.

※

"……후작 저택을 나오긴 했지만, 바깥에 나온 정도로 아이디어가 떠오를 것 같으면 온 동네 사람들이 온종일 걸어 다니고 있었겠지."
쿠로노는 중얼중얼하며 하셀을 서성였다.
어떻게 해서 사람을 모으면 좋은 건가.
이전 세계라면 광고를 내면 끝이지만, 이 세계에서는 수단이 얼마 없다.
"간판을 세울까?"
쿠로노는 광장에 설치된 팻말 앞에서 걸음을 멈췄다. 시대극에 나올 법한 팻말 옆에는 창을 든 병사가 서 있었다. 병사는 입을 열었다가, 쿠로노를 보자마자 입을 다물었다.

"아 참, 보통은 글을 못 읽지……."

쿠로노는 작게 중얼거렸다. 팻말 옆에 병사가 있는 것도 글자를 읽을 수 있는 사람이 적기 때문에 대신 읽어주기 위해서다.

"그림으로는 세세하게 전달하기 어렵고."

입소문에 의지할 수밖에 없으려나, 하고 쿠로노가 하늘을 올려다본 그때――.

"어머, 거기 있는 건 에라키스 후작 아닌지?"

"아닙니다."

부정하면서 목소리가 난 쪽을 보자, 못 보던 여자가 서 있었다.

한 번도 햇빛을 받은 적 없는 것 아닐까 싶을 정도로 창백한 살결을 지닌 여자였다.

긴 머리카락을 묶어 올리고, 수수한 옷으로 육감적인 몸을 감싸고 있었다.

"부정하지 않아도 당신이 에라키스 후작이 되었다는 건 알고 있어."

"그러면 그렇게 티를 내면서 말을 걸지 않아도."

"손수건을 떨어뜨릴 걸 그랬나 보네."

"그건 괜히 더 티가 날 것 같군요."

"제법 잘 먹힌다고?"

"얼마나?"

"그건 신만이 아는 거지."

여자는 쿡쿡 웃었다.

"당신의 이름은?"

"엘레인이야, 엘레인 시너."

"귀족입니까?"

"아니, 값어치를 높이기 위해 칭하고 있는 것뿐이야."

여자—— 엘레인은 가볍게 어깨를 으쓱였다.

"뭘 하는 사람입니까?"

"직업은 창부야."

엘레인은 양팔로 가슴을 밀어 올리며 몸을 약간 앞으로 숙였다.

"창부이긴 한데, 내 가게를 차리고 나서부터는 손님을 받을 기회가 줄었단 말이지. 더구나 다른 장사도 하고 있으니, 직업이 뭐냐고 물어보면 대답하기 어려워."

엘레인은 몸을 세우고는 한숨 섞인 어조로 말했다.

"지금 눈앞에 있는 엘레인 씨의 직업은?"

"그런 태도 전환은 좋아해."

엘레인은 싱긋 미소 지었다.

"지금의 나는 정보상이야."

"그 정보상이 어째서 제게 말을 건 겁니까?"

"그 이그니스 장군을 일패도지(一敗塗地)시킨 남자인걸. 흥미를 느끼는 게 당연하잖아?"

"하아, 그거 고맙군요."

쿠로노는 머리를 긁적였다.
"정보상인 건 알았습니다만, 저는 첫 월급 전이기에……."
"이번에는 서비스로 쳐줄게."
"감사합니다."
그냥 서비스가 아니라 다음 거래를 위해 은혜를 베풀어 두려는 속셈이다.
"뭘 알고 싶어?"
"사람을 고용할 때는 어떤 순서를 밟는 겁니까?"
"때에 따라 다르지."
"그야 그렇겠지만요."
"창부라면 뒷골목으로 끝인데."
"그렇게 쉽게 모을 수 있는 겁니까?"
"정보의 질을 따지지 않는다면 간단하게."
엘레인은 뱀 같은 미소를 띠었다.
"보통은 중개업자를 써."
"예?"
"그러니까, 사람을 고용할 때의 순서 말이야."
쿠로노가 되묻자 엘레인은 만났을 때와 같은 표정으로 말했다.
"요컨대 그런 일을 업으로 삼고 있는 사람한테 부탁한다는 거지."
"그런 사람들과 연줄이 없으니 저는 어렵겠군요."
하지만 다른 사람에게 부탁하는 건 좋은 아이디어였다.

"괜찮다면 힘이 되어 주겠는데?"
"프라이버시가 훤히 새어 나갈 것 같으니 됐습니다."
"고객의 비밀은 지켜."
"방금 막 만난 참인데 뭘 믿으면 되는 거죠?"
"그러면 나를 첩으로 삼아 보지 않을래? 이래 보여도 나는 헌신하는 여자야."
"집을 빼앗길 것 같으니 됐습니다."
"경계심이 강한 애는 싫어하는데~."
엘레인은 부루퉁해진 듯이 뺨을 부풀렸다.
표정이 휙휙 바뀌는데, 그 또한 사람을 현혹하는 기술일지도 모른다.
"그런데, 어떤 인재를 찾고 있어?"
"……."
쿠로노는 입을 다물고 엘레인을 바라봤다. 처음 만난 사람에게 내부 사정을 이야기하는 건 곤란했다.
"그렇게 경계하지 않아도 괜찮아. 말 안 해도 대충은 짐작이 가는걸. 당신이 후작이 된 경위를 생각건대 찾고 있는 건 경리 업무를 볼 수 있는 사람이 아닐까?"
"용케 아시는군요."
"정보상인걸."
엘레인은 쿡쿡 웃었다.
"전 창부라면 금방이라도 소개할 수 있어."

"창부가 아닌 분으로 부탁합니다."
"어머, 그건 직업 차별?"
"엘레인 씨의 부하라니, 무서워서 고용할 수 없다고요."
"농담이야. 감정도 끝나지 않은 남자가 있는 곳에 부하를 보낼 수는 없어. 정보를 빼낼 생각이었는데, 도리어 정보를 빼앗기는 건 웃을 일도 못 되는걸."
엘레인은 짐짓 티가 나게 몸을 부르르 떨었다.
"노예 같은 건 어떨까?"
"배움이 있는 노예가 있습니까?"
"물론이지."
으음, 하고 쿠로노는 신음했다.
"왜 그래?"
"영 낯설군요."
"낯설다니?"
엘레인은 의아한 듯이 미간을 찡그렸다.
"뭐, 그런 사람도 있겠지. 하지만 노예 매매는 나라가 인정한 사업이야. 그게 옳은지 어떤지는 모르겠지만."
"그건 알고 있습니다."
"좋아. 그래서, 배움이 있는 노예 이야기로 돌아가자면, 있긴 한데 그렇게 많지는 않아."
"그야 그렇겠지요."
이 세계에서는 유복한 사람이 아니면 교육을 받을 수 없다. 반대로 말하면 배운 게 있는 사람은 부유층 출신이라는 말이다. 그런 사람이 노예로까지 전락할 가능성은 크지 않다.

"그래서, 어떨까?"

"뭐가 말이죠?"

"정말, 둔하네. 이 이야기의 흐름이라면 노예를 살지 사지 않을지를 묻는 거잖아."

"정보상이라 하지 않았습니까?"

"그렇긴 한데, 이래 보여도 노예 상인과 잘 아는 사이야. 조건에 맞는 노예가 있다면 연락해 줄 수도 있어."

"연락뿐입니까?"

"대신 거래해 줄 수도 있긴 하지만, 그런 식으로 오더를 내면 노예 상인들은 조건에 맞는 인간을 찾아 납치하려 할걸?"

"범죄자 같군요."

"그런 말을 들으면 자기들은 관여하지 않았다고 말하겠지. 그럴 가능성이 있으니까 연락해 주겠다고 말한 거야."

"그렇군요. 노예 가격은 어느 정도입니까?"

"금화 20닢 정도가 시세야. 경매 형식이니까 조금 변동이 있지만."

"금화 20닢인가."

상당한 거금이지만, 그걸로 믿을 수 있는 경리 담당자를 고용할 수 있다면 나쁘지 않다.

"나쁘지 않지?"

"그러네요."

엘레인은 또다시 뱀 같은 미소를 띠었다.

"이런 건 어떨까? 조건에 맞는 노예가 있으면 연락할게. 물론 연락했을 때에 경리 담당자를 고용했다면 경매는 참가하지 않아도 돼."

"그럼 그걸로 부탁합니다."

"알았어."

엘레인은 싱긋 미소 지었다.

※

"……중개업자에 아는 사람은 없지만, 나한테는 의지가 되는 부관이 있지."

쿠로노는 엘레인과 했던 대화를 떠올리며 성벽을 따라 걸었다. 잠시 후 연병장이 보이기 시작했다. 연병장이라고 해도 흙을 쌓아 올린 부분이 있는 것 말고는 평범한 공터다.

거기서는 부하들이 종족별로 나뉘어 대련하고 있었다. 살끼리 부딪치는 소리가 울리고, 성난 소리가 소용돌이치는 마치 실전 같은 훈련이었다. 가장 박력 있는 것은 대형 아인── 미노타우로스와 리자드맨의 대련이었다. 통나무처럼 굵은 팔을 휘두르고, 주먹을 힘껏 후려쳤다. 인간이라면 목숨이 위험한 일격을 받아내고, 곧장 반격했다.

"대장, 어쩐 일이심까?"

쿠로노가 대련의 박력에 빠져 넋을 놓고 보고 있자 미노가 가까이 다가왔다.

"상황을 보러 온 거야. 다들 컨디션은 어때?"

"보시는 바와 같이 절호조임다."

미노는 콧김 거칠게 대답했다.

"잔뜩 자고, 잔뜩 먹었으니 말임다."

"먹었다? 아아, 그런가. 벌써 식량이 도착한 거군."

"예입. 아침부터 엄청난 양의 식량이 도착해서 놀랐습다."

그때의 일을 떠올리고 있는 것인지 미노는 이를 씩 드러냈다.

"배불리 먹을 수 있어서 우는 녀석도 있었지 말임다. 하지만……."

"하지만, 뭔데?"

"1일 3식이라니, 정말로 괜찮은 검까?"

"무리하는 거 아니니까, 안심해."

"의심이 많아서 죄송함다."

미노는 창피한 듯이 머리를 긁적였다. 뭐, 지금까지 1일 2식(그나마도 부족했다)이었으니 의구심이 들 법도 했다.

"그보다 미노 씨한테 상담할 게 있어."

"제가 할 수 있는 거라면 뭐든 하겠습다. 뭐, 말은 그렇게 해도 제가 할 수 있는 일은 얼마 없지만 말임다."

"미노 씨한테 그런 말을 들으면 나는 면목이 없는데."

현재 실질적으로 대대를 움직이고 있는 건 미노다.

그런 미노가 별 대단한 일을 못 하는 거라면 쿠로노는 아무것도 할 수 없는 셈이다.

"오랫동안 군에 있으면 이 정도는 할 수 있게 됨다. 그래서, 저는 뭘 하면 되는 검까?"

"후작 저택에서 일할 메이드를 모집하려고 생각해."

"그거라면 협력할 수 있슴다. 아니, 그렇다기보다 제가 대장한테 상담하려고 생각했었슴다."

"그래?"

"예입, 실은 상처 치료가 늦거나 마음이 꺾여 버린 녀석들이 있어서 말임다."

"마음이 꺾여?"

"부상으로 죽음의 고비를 넘나들면 싸우지 못하게 되는 경우가 있지 말임다."

"PTSD라는 건가?"

쿠로노는 고개를 갸웃했다. PTSD——'심적 외상후 스트레스 장애'란 생명의 위기를 겪은 게 원인이 되어 생겨나는 장애다.

"피이티——?"

"아니, 그냥 혼잣말이야."

대련에 참여하는 걸까, 하고 쿠로노는 시선을 두리번거렸다.

"그 녀석들은 병사(兵舍)에서 쉬게 하고 있슴다. 사후 보고가 되어 죄송함다."

"아니야. 맡긴 건 나니까."

대대 지휘를 맡겨 놓은 건 쿠로노다. 그건 현장의 판단을 존중하겠다는 의미기도 하다.

"몇 명 있어?"

"엘프와 드워프, 합쳐서 서른 명임다. 열 명은 대장장이 수련을 쌓은 드워프이기에 공방에서 고용해 줄 수 있다면 싶었슴다만."

"물론 전부 고용하지."

"정말임까?"

"내쫓을 수는 없는 노릇이니까 말이지. 단지, 대장장이와 메이드는 급여에 차이가 있겠지만."

"기술이 있는 녀석과 그렇지 않은 녀석이 대우에 차이가 있는 건 당연함다."

"그렇게 말해 주니 고마워."

쿠로노는 가슴을 쓸어내렸다.

"응? 혹시, 골디가 말했던 짐작 가는 거라는 게……."

"예입. 지금 말씀드린 열 명임다."

"남은 스무 명은?"

"여자니까 안심해 주십쇼."

"응, 뭐, 남녀 비율을 듣고 싶긴 했지만……."

자기와 미노는 안심하는 포인트가 영 다른 듯한 느낌이 든다.

"어쨌든 이걸로 메이드는 모였어. 직공도 문제없고. 다음은 요리사인가."

"대장, 레이라는 만나고 가지 않으심까?"

"훈련 중이고, 너무 특별 취급하는 것도 문제려나 싶어서."

쿠로노는 그렇게 말하면서 레이라를 찾았다.

"저쪽임다."

미노가 가리킨 방향을 보니 레이라가 활을 당기고 있었다. 화살은 쏜살같다는 말의 의미를 실감할 속도로 빠르게 날아가 몇십 미터나 앞에 있는 과녁을 꿰뚫었다.

다른 엘프들이 과녁을 빗맞히고 있는 걸 보면 역시 레이라의 활솜씨가 특출난 거겠지.

"레이라는 활이 특기야?"

"마술 솜씨도 뛰어남다. 실력만 보면 백부장이 될만한 기질이 있슴다."

"알았어. 궁수 대장으로 승격시키지. 인원이 없으니 오십부장이 되겠지만, 일단은 백부장과 동격으로."

"감사함다."

미노는 깊게 머리를 숙였다.

쿠로노는 한동안 훈련을 견학하고 훈련장을 뒤로했다.

※

"이 상태라면 요리사도 금방 찾을 수 있을 것 같네."

쿠로노는 의기양양하게 거주 구역에 있는 여주인의 가게로 향했다. 하셀에서 몇 년이나 장사 중인 그녀라면 요리사를 소개해 줄 수 있을 것 같았다.

"어라, 쿠로노 님. 어서 와."

가게에 들어가자 여주인이 카운터에서 말을 건넸다. 점심때인데도 손님이 없었다.

"……영업 중인 거 맞지?"

"비꼬는 건가?"

"그냥 물어봤을 뿐이야."

쿠로노는 어깨를 으쓱이고는 카운터 자리에 앉았다.

"식사하러 왔어?"

"여기서 식사 이외에 뭘 하라고?"

"매일 파리만 날리고 있으면 이런 말이 나오게 된다고."

"사정이 좋진 않은가 보군."

"파리가 날린다는 건 불경기라는 말이야."

여주인은 넌덜머리가 났다는 듯이 말하고는 카운터에서 나오더니 무슨 생각인지 쿠로노 옆에 앉았다.

"영주님이 바뀌어서 조금은 좋아질지도 모르겠지만 말이지."

여주인은 작게 한숨을 내쉬고는 쿠로노에게 몸을 기댔다.

저기, 하고 여주인은 아양을 떠는 것처럼 말했다.

"지금은 네가 영주님이잖아? 동향의 정으로 원조해 주지 않겠어?"

"동향이라니?"

쿠로노의 심장 고동이 긴장감에 빨라졌다.

"나도 남쪽 변경 출신이거든. 뭐, 내가 있었던 10년 전에는 크로포드 남작 부부에게 아이는 없었지만 말이야."

"날 협박할 셈이야?"

호적상 쿠로노는 크로포드 남작 부부의 친자로 되어 있다.

어떤 수단을 썼는지, 양부가 그런 것으로 해놓았다.

비밀로 하고 있으라는 말을 들은 적은 없지만, 발각되면 곤란하겠지.

"아니야. 나는 그저 네가 후원자가 되어 줬으면 해서."

"어디 빚이라도 있어?"

"……그렇지."

여주인은 힘없는 작은 목소리로 말하고는, 그 뒤로 입을 다물어 버렸다.

양부모와의 관계를 꺼냈을 때는 흠칫했지만, 주도권은 이쪽에 있는 모양이다.

그걸 깨닫자, 거북함이 사라져 기분이 편해졌다.

"얼마나 되는데?"

"……금화 백 닢."

여주인은 몸을 일으키고 부루퉁해진 듯이 입술을 삐죽였다.

"엄청난 금액이네."

이 건물에 금화 백 닢의 가치가 있을까? 하고 쿠로노는 시선을 두리번거렸다.

시선은 흘러 흘러 여주인에게 돌아왔다.
"……후원자가 되어 줄 수 없겠어? 이대로는 창관에 팔릴지도 몰라. 물론, 나도 맨입으로 달라고 하진 않을게. 내 몸을 마음대로——"
"진짜?!"
"더, 덥석 물어 드네……."
쿠로노가 몸을 내밀자 여주인이 살짝 웃으며 몸을 뒤로 뺐다.
미소를 띠고 있는 건 가게를 지킬 가망이 보였기 때문이리라.
"마음대로 해도 좋다니, 그건 예를 들어 엉덩이 XX에 XX하거나, ●●을 △△해도 문제없다는 거지?!"
"문제 있는 게 당연하잖아, 이 멍청아!"
여주인은 얼굴이 새빨개져서 외쳤다.
"너, 무슨 생각을 하는 거야?!"
"이 정도는 평범하다고 생각하는데."
"……평범."
여주인은 의아하게 중얼거리고는 격렬하게 고개를 흔들었다.
"평범하지 않아! 비정상이라고!"
"그럼 안주인이 말하는 평범이란 건 뭔데?"
"그, 그야, 평범하게……."
목소리는 점점 작아지고 여주인은 고개를 숙이고 말았다.
"잘 못 들었는데, 아마 그 정도는 마음대로 하게 해준다는 범주에 안 들어간다고 생각해. 적어도 금화 백 닢의 가치가 있다고 한

다면 ○○을 XX하게 해주는 정도는——"

"그, 그, 그런 짓을 하게 해줄 리가 없잖아!"

여주인은 고개를 들고 소리쳤다.

"그래서, 후원자가 되어 주지 않겠어?"

"○○을——"

"그러니까, 그건 안 된다고 했잖아!"

쿠로노의 말을 가로막고 여주인이 외쳤다.

"나는 가게를 지키고 싶어."

"그런 것치고는 각오가 부족한 거 아니야?"

여주인은 쿠로노를 찌릿 노려봤다.

"나는 남편의 가게를 지키고 싶어. 고생해서 겨우 손에 넣은 가게라고. 남편도 죽고, 모든 것이 사라진다니, 너무하잖아."

"흠…… 그럼 이렇게 하자. 안주인이 후작 저택에서 요리사로서 일해 준다면 빚 갚는 걸 도와줄게."

"그랬다간 진짜 가게를 닫아야 하잖아."

"일하는 동안은 다른 사람에게 가게를 빌려주면 빚을 갚는 것도 빨라지겠지."

여주인은 입술을 깨물고 쿠로노를 노려봤다.

"나는 좋은 방법이라고 생각하는데."

"어떻게 해도 안 되겠어? 네가 빚을 대신 갚아준다면——"

"내가 선뜻 다 갚아줄 수 없다는 걸 아니까 후원자가 되어 달라고 부탁한 거잖아?"

"……."

여주인은 입을 다물었지만, 쿠로노의 제안을 받아들이는 것 이외의 길은 없었다.

"…………알았어."

길고 긴 침묵 끝에, 여주인은 어렵사리 대답했다.

"요리사 일은 언제부터 일하면 되는 거야?"

"나는 당장이라도 일해 줬으면 한다만."

"이 가게를 어떻게 해야 할지 정해야만 하니까, 그건 무리야."

"알았어. 안주인 사정에 맞출게."

"고마워. 가능한 한 빠르게 일을 시작할 수 있도록 할게."

여주인은 한숨 섞인 어조로 말했다.

※

"……막상 하면 어떻게든 되는 법이군."

쿠로노는 자기 일 처리에 만족감을 품으며 거주 구역을 걷고 있었다. 나머지는 엘레인의 연락을 기다리는 것뿐이었다. 그런 생각을 하며 걷고 있었더니, 소녀가 눈앞을 지나쳐 갔다.

언젠가 만났던 꽃 파는 소녀였다. 휘청휘청하는 걸음걸이로 꽃을 팔려고 하지만, 길을 가는 사람은 아무도 신경도 쓰지 않았다. 당연한 일이었다. 소녀가 팔고 있는 꽃은 초라했고, 무거운 세금을 부과받는 영민은 여유가 없었다. 소녀는 무언가에 이끌리는 것처럼 길 중앙으로 향했다.

건너편에서 상자형 마차가 덜그덕덜그덕 소리를 내며 가까이 다가왔다. 소녀도, 마차도 멈추지 않았다.

마차가 소녀에게 육박하고——.

"위험해!"

쿠로노가 소녀를 끌어당긴 순간 마차가 지나쳐 갔다. 정말 간발의 차였다.

몇 초만 늦었어도 그대로 죽을 뻔했다.

그만큼 아슬아슬했다.

"괜찮아?"

"——!"

쿠로노가 말을 걸자, 소녀는 움찔하며 몸을 떨었다.

"꼬, 꽃이!"

소녀는 도로를 바라보고 비명 같은 목소리를 냈다. 도로에는 무참하게 짓밟힌 꽃과 부서진 바구니가 떨어져 있었다. 소녀는 쿠로노의 손을 풀려고 했지만, 가느다란 팔에는 그럴만한 힘이 없었다.

"꽃을, 꽃을 팔아야만 해요."

"내가 꽃이랑 바구니를 살 테니까."

소녀는 움직임을 멈추고 쿠로노를 올려다봤다. 기대인지 눈동자가 반짝이고 있었다.

그건 손실을 메울 수 있어서가 아니라, 꽃과 바구니를 못 쓰게 만든 중압감에서 벗어나 안도하고 있는 얼굴이었다.
그러나 불현듯 소녀의 표정이 흐려졌다.
"죄송합니다, 나리."
소녀는 고개를 숙였다.
"어째서?"
"도움을 받을 이유가 없어요."
어떤 식으로 자라면 이런 착실한 아이가 되는 걸까, 하고 눈을 휘둥그레 떴다.
"귀족의 의무라는 건 어떨까?"
"들은 적이 없어요."
"나도 없는 것 같다."
쿠로노는 어깨를 으쓱였다.
"그럼 이건 어떨까? 내가 그 꽃과 바구닛값을 대신 내줄게. 너는……."
"앨리슨이에요."
소녀── 앨리슨은 중얼중얼 말했다.
"앨리슨은 조금씩 돈을 갚는 거야. 물론 이자는 받지 않을 거고, 재촉도 하지 않아."
"……하지만."
"내 체면을 지키기 위해서라도 승낙해 줬으면 하는데 말이지."
"알겠습니다. 나리. 배려에──"
"──!"

앨리슨의 몸이 기울어, 쿠로노는 손에 힘을 줬다.
“죄송해요. 아침부터 몸 상태가…….”
“집까지 바래다줄게.”
“그렇게까지 해주시지 않으셔도 괜찮아요.”
“됐으니까.”
“거듭거듭 죄송합니다.”
앨리슨은 작은 목소리로 중얼거렸다.

※

앨리슨의 집은 하셀 외연부(가장자리)에 있었다. 외연부는 성벽에 햇빛이 가로막힌 탓인지 5월임인데도 으스스하고 습했다. 건물도 하나같이 거무스름하거나 곰팡이가 피어있었다. 썩어 무너질 날을 기다리는 건물들── 앨리슨의 집은 그중 하나였다.
앨리슨이 녹초가 되어 문을 열었다. 그 너머는 작은 방으로 되어 있었다. 앨리슨과 닮은 여성이 침대에 누워 바느질하고 있었다. 몸이 안 좋은지 피부가 창백했다.
“……다녀왔습니다.”
“앨리슨, 어떻게 된 거니?!”
여성은 침대에서 뛰쳐 내려와 괴로운 듯이 얼굴을 찡그렸다.
그래도, 앨리슨이 있는 곳에 다다랐다.
“죄송──”

"몸이 안 좋은 것 같았기에 괜한 오지랖이라 생각하면서도 바래다주었습니다."

앨리슨의 말을 가로막고 설명했다.

"방에서 누워 있으렴."

"……네."

앨리슨은 작게 고개를 끄덕이고 안쪽 방으로 향했다.

"누구신지는 모르겠지만, 감사합니다. 여기는 치안이 안 좋으니 어두워지기 전에 돌아가시는 편이 좋습니다."

"조금 이야기를 들려주실 수는 없겠습니까?"

쿠로노는 시선을 두리번거렸다. 추레한 벽과 빗물이 샌 흔적이 남은 천장, 필요 최소한의 가구조차 없었다. 그것만으로도 두 사람이 곤궁한 상황이라는 걸 알 수 있었다. 아니, 이걸 보고도 곤궁하지 않다고 판단한다면 단순한 바보다.

"……어떠한 이야기인지요?"

앨리슨의 모친은 아랫배를 누르며 말했다.

"괴로우시다면 침대에서라도 괜찮습니다."

"…………아뇨, 손님께 실례가 되니까요."

앨리슨의 모친은 긴 침묵 끝에 대답했다.

편함과 양식(良識) 중 어느 쪽을 우선할 것인지 생각한 모양이다.

"저는 쿠로노 크로포드라고 합니다."

에라키스라는 이름을 댔어야 했나, 하고 곧바로 후회했다.

"저는 앨리사라고 합니다."

"실례입니다만, 귀족의 저택에서 일한 경험이 있으신 것 아닌지요?"

"에라키스 후작 밑에서 15년 정도 봉공(奉公)하고 있었습니다."

앨리슨의 모친――앨리사는 입술을 꽉 깨물며 아랫배를 눌렀다.

"어떤 일을?"

"평범한 메이드입니다. 몸이…… 건강이 안 좋아져서 휴가를 받았습니다."

"그렇습니까."

쿠로노는 맞장구를 치며 메이드로서 고용할 수 없을지 이리저리 생각해 봤다. 동정심도 있었지만, 메이드 일에 정통하고 지시를 내릴 수 있는 인물―― 메이드장이 필요하지 않을까 하는 생각이었다.

"바로 얼마 전입니다만, 저는 에라키스 후작이 되었습니다."

"――――!"

앨리사는 퍼뜩 고개를 들었다.

"에라키스 후작은?"

"횡령죄로 고발되어 제도로 호송되기 전에 자살하였습니다."

"그렇습니까……."

앨리사는 씁쓸한 듯이 중얼거렸다.

"뭐, 고발한 건 저입니다만."

"어째서 그런 말씀을 저에게?"

"약간의 확인입니다."

에라키스 후작의 원수! 라며 덮쳐 오는 건 아니겠지 하고 생각했지만 기우였다.

"후작 저택의 사용인을 전부 해고해 버렸기에 새롭게 일할 사람을 찾고 있습니다. 15년이나 일한 경험이 있다면, 그걸 살려 보시지 않겠습니까?"

"……말씀은 감사합니다만, 저는 건강이 좋지 않아서."

"알고 있습니다. 그걸 감안하고 부탁드리는 겁니다. 몸이 나을 때까지 저희 쪽에서 돌봐 드릴 테고, 치료비도 무료로 내드리겠습니다."

"어째서 저 같은 사람한테?"

"앨리슨을 그만큼 예의 바르게 키우신 분이니까요. 메이드장에 걸맞은 일을 해주시지 않을까 하고 생각한 겁니다."

"저기, 저는, 이런 차림이라……."

"이걸 입어 주십시오."

쿠로노는 망토를 벗어 앨리사에게 내밀었다.

"……나리, 후의를 감사히 받아들이겠습니다."

앨리사는 그렇게 말하고는 깊숙이 머리를 숙였다.

※

쿠로노는 앨리사와 앨리슨을 데리고 후작 저택으로 돌아와서는 티리아에게 자초지종을 보고했다.

그리고 다음 날에는 후작 저택을 둘러싼 탑 중 하나를 개축하여 공방으로 삼는 것이 결정되었다.

막 간 레이라

제국력 430년 5월 말일── 레이라는 하루의 훈련을 끝내고 병사(兵舍)로 향했다.

훈련을 막 끝낸 참이라 몸 마디마디가 아팠지만, 감각이 예리하게 벼려진 것 같았다.

빨리 예전의 감을 되찾자고 속으로 다짐하던 그때, 양옆에서 목소리가 들려왔다.

""레이라, 수고한 것 같은!""

쌍둥이 엘프── 아리데드와 데네브였다.

두 사람은 에라키스 후작령에 배속되었을 때부터 알고 지낸 사이지만, 지금도 누가 누구인지 구별이 잘 되질 않았다.

안 그래도 얼굴이 똑같은데 머리 모양까지 똑같이 하고 있기 때문이다.

"두 분도 수고하셨어요."

"자, 빨리 돌아가서 밥을 먹자 같은!"

"아침, 점심, 저녁 배불리 먹을 수 있어서 행복한 것 같은!"

재촉하고 있는 것인지, 두 사람은 아주 약간 레이라보다 앞서 나갔다.

""그런데 레이라!""

"뭔가요?"
"요새 가슴이라든가 엉덩이가 꽉 끼지 않아?"
"레이라는 어떤가 싶어서?"
"저도 그래요."
""다행이다~!""
두 사람이 안도하는 모습에, 레이라도 내심 가슴을 쓸어내렸다.
요새 군복이 꽉 끼기 시작해서 걱정하고 있었는데, 자기만 그런 건 아닌 모양이었다.
앞서가던 두 사람은 갑자기 멈춰 서서는 뒤돌아보며――.
"그런데 레이라!"
"이 뒤의 예정은 같은?!"
그런 말을 했다.
"……."
"무시하다니 너무해!"
"담백? 담백한 대응 같은?"
레이라가 말없이 지나쳐 가자, 두 사람은 쫓아왔다.
"병사에서 저녁을 먹고, 샤워한 다음――."
"오늘도 쿠로노 님의 방에 가거나?"
"어젯밤에도, 그저께도 즐겼던 것 같은."
"네에, 뭐……."
레이라는 말을 흐렸다. 일단 같은 침대에서 자고 있지만, 처음 맺어진 날 이후로 한 번도 몸을 섞지 않았다. 그러면 뻔질나게 쿠로노의 방에 가서 뭘 하는가? 바로 공부다. 그 보람이 있었는지, 간단한 문장이라면 읽거나 쓸 수 있게 되었다. 덧셈이나 뺄셈도 배웠다.

쿠로노가 소중하게 대하고 있다는 레이라도 건 느끼고 있었지만, 그 사랑이 왜 공부로 이어지는지는 도무지 이해할 수가 없었다.

"매일 아침에 돌아오는 건 바람직하다고는 생각하지 않지만, 어떤 일을 하고 있는지 흥미진진하고. 쿠로노 님은 끈적끈적하게 밀어붙여? 그게 아니면 하드하게 밀어붙이는 것 같은?"

"그 질문은 허들이 너무 높아. 조금 더 허들을 낮춰서 상냥한지 상냥하지 않은지를 물어야만 하는 것 같은."

"…………아마도, 상냥하다고 생각해요."

"아마도라는 말에서 레이라의 슬픔을 본 것 같은."

"아니, 우리도 비슷한 처지고."

두 사람은 깔깔 웃었다.

"레이라, 매일 밤이 부담된다면 꼭 우리를 추천해 줬으면 하는데."

"오십부장이 된 데다, 귀족의 애인이라니 인생의 승리자 같은."

레이라는 내심 가슴을 쓸어내렸다.

아무래도 두 사람 모두 레이라가 실력으로 오십부장 자리에 올랐다고 생각하는 모양이었다.

"승리자는 될 수 없다고 생각하는데요."

"어째서?!"

"이유를 알려 줬으면 하는데!"

두 사람은 레이라를 쳐다봤다.

"쿠로노 님께 동료를 내려다보는 듯한 태도를 보이지 말라고 명령받았으니까요."

"보수가 사랑뿐이라는 건 제법 혹독한 대응인데."

"그래야지 애인이라는 느낌도 들고. 어차피 우리는 버젓하지 못한 존재 같은."

흑흑흑, 하며 두 사람은 연기하는 티가 나게 얼굴을 가렸다. 레이라와 두 사람은 어둑어둑한 골목길을 나아갔다.

조금만 더 가면 병사에 도착하려던 차에 아리데드와 데네브가 목소리를 냈다.

"음? 병사 앞에 누군가가 있는데!"

"저건 픽스 상회 사람 같은!"

봤더니 병사 앞에 짐수레가 멈춰 있었다. 아무래도 식량을 전달하러 온 모양이었다.

픽스 상회가 식량을 납품하게 되고 나서부터 확인 작업을 하게 되었다.

처음에는 골디가 도맡아 진행했지만, 공방 개설 작업이 시작된 뒤로는 쿠로노가 담당하고 있었다. 니콜라는 레이라가 온 걸 알아차리자 달려왔다.

"레이라 님, 식량을 전달해 드리러 왔습니다만, 쿠로노 님은 어디에 계신지?"
"잠시 기다려 주세요."
레이라는 파우치에서 통신용 매직 아이템을 꺼냈다.
"쿠로노 님, 픽스 상회의 니콜라 님이 식량을 전달하러 오셨습니다."
『레이라, 나 대신해주지 않겠어?』
"제, 제가 말인가요?"
통신용 매직 아이템에서 쿠로노의 목소리가 울리고, 레이라는 자기도 모르게 되물었다.
『납품서와 실제 수량이 맞는지 확인하는 간단한 작업이니까, 레이라도 할 수 있을 거야.』
"……간단한 작업."
쿠로노 님에게는 그럴지도 모르겠습니다만, 하고 레이라는 마음속으로 중얼거렸다.
『니콜라 씨와 조금 이야기하고 싶은 게 있으니까 바꿔줘.』
"……네."
레이라는 암담한 기분으로 고개를 끄덕이고, 니콜라에게 통신용 매직 아이템을 건넸다.
"쿠로노 님, 예, 예, 예. 알겠습니다. 그럼, 그렇게…… 실례하겠습니다. 레이라 님, 감사합니다."
니콜라는 쿠로노와 말을 나누고는 통신용 매직 아이템을 돌려주었다.

"그러면 레이라 님, 제가 도와드리겠으니 확인을 부탁드리겠습니다."

"자, 잠깐, 레이라!"

"괜찮은 것 같은?"

"……쿠로노 님의 명령이니까요."

레이라는 심호흡을 반복했다.

쿠로노 님의 명령이라면 자신이 없어도 완수해야만 했다.

"이쪽을."

"가, 감사합니다."

레이라는 납품서를 받아들고 숨을 휴 내쉬었다.

거기에 적혀 있던 것이 품명과 숫자뿐이었기 때문이다.

"그러면 처음은 밀부터."

"한가운데의 이거군요."

니콜라가 손바닥으로 짐수레를 가리켰고, 레이라는 밀이 든 마대를 바라봤다.

"납품서와 숫자는 맞습니까?"

"네, 맞아요."

"그러면, 다음으로 말린 고기――"

니콜라는 손바닥으로 상품을 가리키고, 레이라는 납품서와 상품을 번갈아 쳐다봤다.

실패하면 어쩌지 하는 생각에 식은땀이 배어 나왔다.

긴 건지 짧은 건지 모를 힘든 시간이 지나고――.

"……수고하셨습니다. 이걸로 확인이 끝났습니다."

"수고하셨어요."

"그러면 마지막으로 레이라 님의 사인을 부탁드립니다."

"네, 넵. 알겠습니다."

레이라는 니콜라가 내민 종이에 자신의 이름을 적었다.

비뚤비뚤한 글씨지만, 니콜라는 만족스러운 듯이 고개를 끄덕였다.

"이로써 완료되었——"

"잠깐, 레이라!"

"어느새 읽고 쓰기를 배운 것 같은?"

아리데드와 데네브가 니콜라의 말을 가로막았다.

"……쿠로노 님께 가르침을 받았습니다."

"쿠로노 님도 레이라도 바쁜데 용케 그런 시간이 있었네 같은?"

"매일 밤 쿠로노 님의 방에서 공부하고 있었던 것뿐이거나?"

크윽, 하고 레이라는 작게 신음했다.

"한창 왕성할 때의 젊은 두 사람이 공부 모임이라니 정말로 말도 안 되는 것 같은."

"레이라, 제대로 유혹했어?"

"제대로 부탁드렸다고 생각합니다만, 언제나 공부를 하게 되더군요. 쿠로노 님은 장래에 필요해질 거라고 말씀하셨습니다만……."

"쿠로노 님은 특이한 사람 같은?"

“공부를 가르친다니 영문을 알 수 없는데.”

“아뇨아뇨, 레이라 님은 쿠로노 님께 깊이 사랑받고 계십니다.”

“――――!”

레이라는 숨을 삼키고 니콜라에게 시선을 향했다.

“쿠로노 님의 진의를 아시는 건가요? 부디 쿠로노 님의 마음을 알려 주세요!”

“그냥 제 추측일 뿐입니다만, 괜찮겠습니까?”

네, 하고 레이라는 고개를 끄덕였다.

“그럼 예를 들어서 설명해드리죠. 만약 레이라 님이 군을 그만두고 다른 일을 찾는다고 합시다.”

“아니, 우리는 그렇게 쉽게 일을 찾을 수 없는데.”

“몸을 팔거나, 훔치거나, 목숨을 걸고 거래하는 것밖에 돈을 벌 방법은 없어.”

“배움이 없다면 그럴 수밖에 없겠지요. 하지만 읽고 쓰기와 산술이 가능하다면 그렇지 않습니다. 당장 기초 학력만 있더라도 제가 맡은 픽스 상회 에라키스 후작령 지점에서 견습 상회원으로서 채용할 수가 있지요.”

니콜라는 의연하게 대답했다.

“처음에는 고생하겠지만, 실적을 올리면 누구도 트집을 잡을 수 없습니다. 지점을 맡는 것도, 독립하여 자신의 상회를 세우는 것도 가능합니다. 상황에 따라선 사숙(서당)을 열 수도 있겠지요.”

“하~ 읽고 쓰기를 할 줄 아는 것만으로도 그렇게까지 다른 것 같은.”

“그런가, 공부를 가르치는 것도 할 수 있게 되는 것 같은.”

두 사람은 한숨을 내뱉다시피 말했다.

“……그것이 쿠로노 님의 사랑.”

레이라는 가슴에 손을 댔다. 지금뿐만이 아니라 5년 뒤, 10년 뒤의 일을 생각해 주고 계신다.

쿠로노의 큰 사랑에 가슴이 고동치고 있었다.

※

밤── 레이라는 병사를 빠져나와 인기척이 없는 길을 지나 후작 저택으로 향했다. 경비병한테 발견되어도 검문당하지는 않겠지만, 누군가와 마주치는 건 부끄러웠다. 다행히 누구에게도 발견되지 않고 후작 저택에 도착했다. 후작 저택의 담장을 넘어 주먹을 쥐었다 폈다 했다. 식량 사정이 개선된 덕인지 이전보다도 몸놀림이 좋아진 느낌이 들었다.

“어서 쿠로노 님의 방에…….”

“누구냐!”

레이라가 걸음을 내디딘 순간, 남자의 목소리가 울렸다. 동료라면 들키더라도 묵인해 주겠지만, 남자는 티리아 황녀의 부하였다. 잡히면 그대로 감옥행이었다. 레이라는 재빨리 그 자리에서 벗어나 막 개축한 공방 안에 숨었다.

그런데 아직 가동 전이라 아무도 없을 줄 알았던 레이라의 예상과 달리 공방 안에 사람이 있었다.

"뭔가 볼일입니까?"

"――――!!"

레이라는 놀라 숨을 삼켰으나 곧 목소리의 주인이 골디라는 걸 알아차리고 가슴을 쓸어내렸다.

"경비병한테 들켜서 그런데, 잠시 숨겨 주세요."

"그러시군요. 알겠습니다."

골디는 그렇게 말하고는 공방 안을 걸었다.

"공방이 벌써 가동 중인 줄은 몰랐어요."

"본격적인 가동은 아직입니다. 이제 막 시험 가동에 들어갔을 뿐이죠."

"그렇군요. 그래서 공방에……."

"아니요, 오늘은 제가 공방에 오고 싶었던 것뿐입니다. 여하간 꿈에서까지 그리던 자신의 공방이니 말입니다."

골디는 흥분해서 말했다. 레이라는 골디 역시 경비의 눈을 피해 숨어 있었다는 걸 깨달았다.

"경비병은?"

"공방에서 가만히 있으면 안 들킬 겁니다."

『밖이다! 바깥으로 도망쳤다!』

남자의 목소리가 울리고, 발소리가 멀어졌다.

"……저는 쿠로노 님의 방에 갈게요."

"저는 아침까지 여기에 있겠습니다."

레이라는 공방을 나와 나무를 향해 달렸다. 나무를 타고 올라 창문으로 후작 저택에 침입했다.

"침입 경로를 바꾸는 편이 좋을지도……."

병사를 유도하는 방법도 있지만, 이 방법은 경계심을 불러일으키고 만다. 레이라는 천천히 걷기 시작했다. 벽에 설치된 조명용 매직 아이템이 복도를 희뿌옇게 비추고 있었다.

"잠깐, 뭘 하고 있지?"

"———!"

갑자기 뒤에서 목소리가 들리자 레이라는 뒤돌면서 주먹 쥔 손등으로 상대를 공격했다. 곧 팔에 무언가가 닿는 감촉이 느껴졌지만, 그와 동시에 주먹도 함께 멈추고 말았다. 상대가 공격을 막아낸 것이다. 레이라는 재빨리 자리에서 뛰어 상대와 거리를 벌렸다. 고개를 들어 상대의 얼굴을 보자——.

"안주인 씨, 어째서 당신이?"

"그야 내가 이곳에 거주하는 요리사로, 밤늦게까지 식자재 준비를 하고 있었기 때문이지. 뭐야, 듣지 못했어?"

"네, 듣지 못했어요."

"뭐, 쿠로노 님도 바쁜 모양이니까 말이지."

여주인은 겸연쩍은 듯이 머리를 긁적였다.

"요리사로 고용된 건 알겠습니다만……."

"한 번도 후작 저택에서 본 적이 없다고?"

"네, 그 말대로입니다."

"그야 오늘이 첫 업무니까 그럴 수밖에. 사실은 좀 더 빨리 올 생각이었지만, 뒤처리다 뭐다 해서 늦어지고 말아서. 뭐, 여러 일이 있었지만, 이걸로 겨우 쿠로노 님께 맛있는 요리를 만들어 줄 수 있어."

"그 차림은요?"

레이라는 여주인을 바라봤다. 여주인은 매우 노출도가 높은 드레스를 입고 있었다.

스커트 기장은 짧고, 앞가슴은 트임이 크게 들어가 있어 가슴이 3분의 1 정도 드러나 있었다.

솔직히 주먹을 막아낸 것보다 여주인의 옷차림이 더 쇼크였다.

"이 차림으로 쿠로노 님의 밤 시중을 들려고 하는데, 어떠려나?"

"나이를 생각해야 하지 않을까요?"

꽁! 하고 여주인이 머리를 때렸다.

"이래 보여도 나는 스물을 조금 넘겼을 뿐이라고."

"스물을 조금……."

레이라는 여주인의 말을 그대로 되뇌었다.

"하지만 1호 씨를 봐서 오늘은 그만둘까."

"……그런가요."

레이라는 가슴을 쓸어내렸지만, 안 좋은 예감을 씻어낼 수 없었다. 쿠로노가 여주인에게 농락당하는 미래가 보인 듯한 느낌이 들었다.

마음을 새로이 다잡고 쿠로노의 방으로 향했다. 문 앞에 멈춰 서서 문 너머로 기척을 살폈다. 기척은 하나뿐이었다. 레이라는 쿠로노의 방에 살그머니 들어가 안도의 한숨을 내쉬었다.

"어서 와. 오늘도 시작할까."

"……네."

레이라는 쿠로노가 재촉하는 대로 의자에 앉아 소리 내어 책을 읽기 시작했다.

이 책에 적혀 있는 건 여섯 신의 신화다. 아주 먼 옛날── 신대(神代) 시대에 관해 적힌 이야기.

레이라는 적당한 곳에서 책을 읽는 것을 그만뒀다.

"지쳤어?"

"약간만요. 저기, 쿠로노 님……."

레이라는 무릎 위에서 주먹을 꽉 쥐었다.

"저기, 저…… 겨우 쿠로노 님의 사랑을 이해할 수 있었어요. 쿠로노 님은 제게 미래를 주신 거군요."

"글자와 산수를 익히면 선택지를 늘릴 수 있지 않을까 해서."

"쿠로노 님!"

레이라는 일어나서 쿠로노의 가슴에 뛰어들었다.

쿠로노의 체온, 숨결이 전해져 온다.

"……쿠로노 님."

"레이라."

레이라가 키스하자 쿠로노는 살짝 망설이듯 응했지만, 금방 거칠게 변했다. 쿠로노가 자신을 원하고 있다는 것을 강하게 실감하고, 도취한 숨을 내뱉었다.

"저기, 사랑해 주실 수 있겠지요?"

"이렇게 되어 버리면 이미 수습이 안 되니까."

쿠로노는 뺨을 긁적이며 쑥스러운 듯이 미소 지었다.

"……저는 한심해요. 쿠로노 님은 앞일을 생각해 주셨는데, 저는 쿠로노 님이 사랑해 주시지 않는 것을 불만스럽게 여기고."

"부, 불만이셨습니까?"

레이라가 중얼거리자 쿠로노는 정중한 말투로 말했다.

"이래도 일단은 영주니까 앞날을 진지하게 생각하고 있지만, 나는 레이라가 생각하는 것만큼 훌륭하지 않아."

겸손해하는 쿠로노의 모습이 재미있어서, 레이라는 웃음이 터질 것만 같았다.

"그러면 오늘 밤은 저를 사랑해 주세요."

"알았어."

다시 한번, 레이라는 쿠로노와 긴 키스를 나누었다.

제 5 장 『노예시장』

제국력 430년 6월 초일── 쿠로노는 오리고기를 잘라서 입으로 옮겼다.

고기를 씹자 육즙이 물씬 스며 나왔다. 하지만 느끼함은 없었다.

향신료가 고기의 감칠맛을 끌어내고, 향초가 깊이를 더해주고 있다.

이것이야말로 고기 요리다. 오랜만── 2개월 만에 맛보는 고기 요리에 자연히 입가에 미소가 지어졌다.

고개를 들자 티리아가 맞은편 자리에서 요리를 먹고 있었다.

포크와 나이프로 능숙하게 오리고기를 잘라 입으로 옮겼다.

동작 자체는 하나하나가 우아하고 아름다웠다.

아마도 어릴 적부터 거듭된 교육 덕택일 것이다.

쿠로노는 실례인 걸 알면서도 티리아를 쳐다봤다.

맛있는 건지, 맛이 없는 건지. 티리아는 알 수 없는 표정으로 요리를 기계적으로 입에 옮겼다.

티리아가 손을 멈추자 옆에서 대기하고 있던 메이드가 공손하게 냅킨을 내밀었다.

시선조차 움직이지 않고 냅킨을 받아든 뒤 입술에 묻은 기름을 닦았다.

"어째서 내 얼굴을 보는 거지?"
"점잔 뺀 표정으로 식사를 하는구나 싶어서."
쿠로노의 말에 메이드가 불쾌한 듯이 얼굴을 찌푸렸다.
"괜찮다."
"실례했습니다."
티리아가 한숨 섞인 어조로 말하자, 메이드는 표정을 고쳤다.
"너는 정말로 행복——"
"이렇게나 행복한 표정으로 먹어 준다면 요리사를 하는 보람이 있다는 거지."
"……으윽."
여주인이 끼어 들어와 티리아는 작게 신음했다.
"……쿠로노. 단기간에 메이드와 메이드장, 요리사를 모으고 공방을 개설한 수완은 훌륭했다. 칭찬해 주지. 하지만 요리사는 좀 더 생각해 보면 안 되었던 거냐?"
티리아는 그렇게 말하고는 여주인을 노려봤다.
"너무 과감했으려나~."
여주인은 그 자리에서 빙글 회전하여 가슴을 강조하는 것처럼 팔짱을 꼈다.
각선미와 가슴 계곡이 눈부셨다.
"나잇값도 못 하고, 라는 말이 빠져 있다만."
"아직 아슬하게 어떻게든 된다고 생각하는데 말이야."
여주인은 발끈한 듯이 받아쳤다.

"지금부터라도 괜찮으니까 해고해."
"그건 안됐네. 나와 쿠로노 님은 떼려야 뗄 수 없는 관계라서 말이지."
"급여에서 제하는 조건으로 빚을 먼저 갚아 줘어."
"얼마지?"
"금화 백 닢."
"그만한 가치가 있는 거냐?"
"공주님한테는 농익은 여자의 매력은 이해 안 될지도 모르겠네~."
여주인은 서슴없는 시선을 보내며 도발하는 것처럼 말했다.
메이드가 귀신 같은 얼굴로 노려보고 있지만, 전혀 신경 쓰지 않았다.
이만한 유들유들함이 있었기에 빚을 지고서도 가게를 꾸려 올 수 있었던 것일지도 모른다.
"뭐, 됐다."
티리아는 쿠로노를 돌아봤다.
"메이드장 쪽은 어떻지?"
"의사 이야기로는 조금 더 시간이 걸린다는 것 같아."
"그런가. 나머지는 경리 담당뿐이군."
"그렇지."
쿠로노는 고개를 끄덕이고는 빵을 베어 먹었다.

※

깡, 깡, 하고 망치를 두드리는 소리가 후작 저택 정원에 울려 퍼졌다. 후작 저택을 둘러싼 네 개의 탑—— 그중 한 곳에서 울리는 소리였다. 정확히 말하면 탑을 개축하여 만든 공방에서 나오는 소리였다. 지금 공방에는 10명 정도의 드워프가 일하고 있었다.

쿠로노가 말없이 보고 있자, 골디가 가까이 다가왔다.

"시찰이십니까?"

"응, 공방 상태는 어떠려나 해서."

"아직 시험 가동 단계입니다만, 문제없다고 생각합니다."

"다행이네."

쿠로노는 가슴을 쓸어내렸다.

이 공방에는 적지 않은 돈을 투자했다. 제구실하지 못한다면 웃어넘길 일이 못 된다.

"쿠로노 님, 이것을."

골디는 그 자리에 무릎을 꿇고 공손하게 단검을 내밀었다.

"이게 뭔데?"

"이 공방에서 만든 무기 제1호입니다. 약속대로 쿠로노 님께 헌상하겠습니다."

"고마워."

쿠로노는 단검을 받아들고 칼집에서 뽑았다. 마치 물에 젖은 듯한 광택을 지닌 칼날이 드러났다.

쿠로노가 가지고 있던 양산품과는 명백히 차원이 달랐다.

"날이 잘 들 것 같군."

"새로운 제법으로 만든 단검입니다. 단검뿐만 아니라, 장검, 창, 갑옷도 만들고 있지요."

"좋네. 내구 테스트를 해서 문제가 없다면 오래된 장비와 교체해 나가지."

쿠로노는 단검을 칼집에 넣고 검대 틈새에 꽂았다.

좋은 장비가 있으면 그만큼 부하를 덜 잃을 수 있고, 경비도 절감할 수 있다. 그야말로 일거양득이다.

"그러고 보니 합성궁 복제는?"

"재료는 갖추어졌기에 이제 만들기만 하면 됩니다. 단지……."

"다른 문제가 있어?"

"엘프의 근력으로는 시위를 끝까지 당기기 어렵지 않을까 합니다."

"그건 생각지도 못한 문제점이네……."

원래 그런 종족인지는 모르겠지만, 엘프는 가냘픈 자가 많았다.

장궁이든 합성궁이든 같은 활이니까 쓸 수 있겠지 하고 생각했던 쿠로노가 어리석었다.

"엘프도 쓸 수 있도록 만들 수 없을까?"

"알겠습니다."

"어? 아니…… 내가 한 말이지만, 그렇게 쉽게 대답해도 돼?"

"새로운 기술을 개발하는 것도 대장장이의 책무입니다."
골디의 말에는 자신감이 담겨있었다.
"좋은 아이디어라도 있어?"
"이미지는 있습니다."
"그럼, 맡길게."
"받아들이겠습니다."
골디가 일어서서 공방을 향해 걷기 시작했다.
문득 티리아가 식사할 때 천 냅킨을 쓰고 있었던 걸 떠올렸다.
"골디!"
"무엇입니까!"
골디는 우당탕하며 쿠로노에게 뛰어왔다.
"새로운 기술을 개발하는 것도 대장장이의 책무라고 했지? 혹시 무기나 갑옷 말고 다른 것도 만들 수 있어?"
"물건에 따라 다르겠군요. 쿠로노 님은 뭘 원하십니까?"
"종이."
"종이 말입니까?"
골디는 난감한 듯이 미간을 찡그렸다.
제지법은 제국에 전해지지 않았기에 골디가 이런 반응을 보이는 것도 이상하진 않았다.
제국에서 종이를 손에 넣기 위해서는 자유도시 국가군에서 수입해야만 한다.
"처음부터 개발하려면 몇 년이 걸릴지 알 수가 없습니다."

"일단 만드는 방법은 알고 있는데."
"뭣이라!"
골디는 놀란 듯이 눈을 휘둥그레 떴다.
"나무껍질을 벗기고 식물을 태워 만든 재와 같이 삶은 뒤에 면 상태가 될 때까지 두들긴 다음, 그걸 물에 집어넣어 나무틀로 건져 내면 완성이야."
"쿠로노 님, 너무 대충입니다."
"나도 한 번 본 게 다니까 말이지……."
골디가 낙담해 어깨를 떨구자, 쿠로노는 머리를 긁적였다.
아무리 그래도 초등학교 사회과 견학에서 배운 지식으로 종이를 만드는 건 어려운가.
"하지만 그 정도 정보만 있으면 만들 수 있을 것 같은 느낌이 듭니다."
"할 수 있어?"
"확약은 불가능합니다만, 할 수 있는 데까지 해 보겠습니다."
"무책임한 것 같지만, 힘내."
"알겠습니다."
골디는 가슴을 두드리고는 정문 쪽을 봤다.
"왜 그래?"
"마차가 섰습니다."
정문을 보니 마차가 멈춰 있었다.
문이 열리고 노출도가 높은 드레스를 입은 여성── 엘레인이

내렸다.
드레스에는 소매가 없고, 두 장의 천이 풍만한 가슴을 가리고 있었다.
스커트 길이는 속옷이 보이는 게 아닐까 싶을 만큼 짧았다.
계단을 오르거나, 앉기라도 하면 속옷이 보일 게 틀림없었다.
엘레인은 요염하게 허리를 흔들면서 이쪽으로 다가왔다.
"어서 오시죠."
"어머, 친히 후작님이 맞이해 주다니 영광이네."
엘레인은 멈춰 서서 싱긋 미소 지었다.
"맞이?"
"그래, 조건에 맞는 노예가 출품되었으니까 데리러 온 거야."
"그럼 돈을 가지고 와야겠군요."
쿠로노가 발걸음을 되돌린 직후 바람이 불었다.
달콤한 냄새가 코를 자극하는 동시에 팔에 부드러운 감촉이 느껴졌다.
엘레인이 팔을 휘감은 것이다.
"시간이 없으니까 어서 가자."
"아니, 가더라도 돈이 없으면 의미가 없는데요."
"대신 내 줄 테니까 안심해. 물론 이자를 받거나 하지는 않을 테니까. 그러니까 빨리 가자?"
"아니, 그렇지만……."
이성은 돈을 가지러 가야 한다고 호소하고 있었지만, 쿠로노는

손을 뿌리칠 수 없었다.

정신을 차리고 보니 엘레인의 유도대로 마차에 타고 있었다.

※

"도착했어."

"여기는?"

쿠로노는 마차에서 내려 눈앞에 있는 2층짜리 건물을 올려다 봤다.

석조 건물로 문 앞에는 남자 두 명(가게를 지키는 소위 어깨라는 녀석이리라)이 서 있다.

"상업지구에 있는 내 가게야."

"그렇다는 건 차, 창관?"

"부끄러워하다니, 귀엽네~. 창관에 오는 건 처음이야?"

예, 하고 쿠로노는 고개를 끄덕였다.

2년간을 보낸 제도에도 창관—— 환락가는 있었지만, 신세를 진 적은 없었다.

군사학교 수업을 따라가기 바빴다는 것도 있지만, 가자고 권하는 친구가 없었다.

만약 권유를 받았다고 하더라도 거절했을 가능성이 크지만——.

"그렇게 긴장하지 않아도 돼. 만약 창관이라는 말에 저항감이 있다면 신사의 사교장이라고 생각해."

"표현을 바꿔도 실체는 변하지 않는다고 생각합니다만?"

"그렇지도 않아. 몸을 팔고 있는 게 아니라, 그날그날의 힐링을 제공하고 있다고 하면 조금은 기분이 편해지지 않아?"

"그건 일하는 쪽의 이야기 아닙니까?"

"양쪽 다 중요하다는 이야기야."

그냥 말장난이 아닌가 하는 생각이 들었지만, 몸을 판다는 사실과 계속해서 마주 보는 사람들에게는 다를지도 모른다.

"가자."

엘레인이 앞장서고 그 뒤를 따라 걷기 시작했다. 어깨들에 검사받는 일 없이 가게에 들어가 비싸 보이는 융단이 깔린 로비를 빠져나가자 홀이 나왔다. 본격적인 카운터 바가 있고, 검은 가죽 소파가 수많이 늘어서 있었다. 게다가 조촐한 무대까지 있었다.

"여기야."

엘레인은 무대 근처에 있는 소파 앞에서 멈춰 섰다.

"앉도록 해."

쿠로노는 엘레인의 재촉대로 소파에 앉았다.

"술은?"

"괜찮습니다."

"좋은 술을 갖추고 있는데, 유감이네."

엘레인은 투덜거리는 것처럼 말하고는 쿠로노 옆에 앉아 몸을 기대어 왔다. 거리를 두고 싶었지만, 훤히 드러난 옆가슴과 허벅지의 유혹에 저항할 수 없었다.

"이 자리는 어때?"
"좋은 자리네요."
"영주님을 대접하는 자리인걸. 좋은 자리를 준비하는 건 당연하잖아. 하지만, 그렇게 말해 주니 기뻐."
엘레인은 쿡쿡 웃었다.
"노예를 사는 건 처음입니다만……."
"그럼 순서를 설명할게. 우선 노예 상인과 노예가 무대 가장자리에 서."
"노예 상인?"
"그래. 나는 노예를 매매하는 장소를 제공하고 있는 것뿐이야. 이용료가 조금 들어오긴 하지만, 그뿐이지."
쿠로노가 되풀이해서 중얼거리자, 엘레인은 설명해 주었다.
"마지막에는 네가 했던 경매와 마찬가지로 값을 매겨 나가는 거지."
"제가 경매를 벌인 걸 용케도 알고 있군요."
"사람들의 입에 빗장은 칠 수 없는 법이야. 특히 남자는 침대 위에서는 입이 가벼워진다고."
"수비의무를 부과할 걸 그랬나."
"그러게."
엘레인은 쿡쿡 웃었다.
"낙찰할 수 있겠습니까?"
"미리 손을 써둔 건 아니지만, 너와 진심으로 입찰 경쟁을 벌일 사람은 없어."

"자신이 없는데요."

"다음에는 손을 써 둘게."

엘레인은 작게 미소 지었다.

"……들어차기 시작했네."

엘레인이 속삭이듯 말하자, 쿠로노는 시선을 두리번거렸다.

이야기에 열중하고 있었던 건 아니지만, 어느샌가 자리는 절반 정도 메워져 있었다.

"슬슬 시작될 거야."

고개를 들자 노예 상인 남자가 소녀를 데리고 나오는 참이었다.

몸 상태를 쉽게 알아볼 수 있게 하기 위해서인지, 소녀가 입은 옷이라고는 천 조각 한 장이 전부였다.

남자가 턱을 주억거리자 소녀는 천천히 걷기 시작했다.

발걸음을 내디딜 때마다 천이 흔들려 미발달된 유방이나 엷은 치모가 보였다 가렸다 했다.

남자들이 소리를 내며 몸을 내밀었다. 마치 쇼를 보러온 사람들 같았지만, 정작 소녀의 눈동자는 절망으로 물들어 있었다.

소녀는 무대를 한 바퀴 돌고 멈춰 섰다.

"……시아입니다. 보우티즈 남작령 출신입니다. 특기는 가사 전반입니다."

남자들에게서 실소가 새어 나온 직후——.

"자기소개가 끝났습니다!"

사회로 보이는 남자가 무대 가장자리에서 뛰쳐나왔다.

"시아 양은 대단한 특기는 가지고 있지 않습니다만, 건강함 그 자체에다 진정한 숫처녀이기에 금화 10닢부터 가도록 하지요!"

"건강한 숫처녀라."

엘레인은 불평하는 것처럼 말했다.

"왜 그러시죠?"

"그건 노예 상인이 신고하는 거란 말이지."

"그것이 어쨌다는 것인지?"

"노예 상인은 가끔 거짓말을 한다고. 사람들도 그걸 알고 있으니까 건강한 숫처녀라는 것만으로는 좀처럼 값이 올라가지 않아."

"과연."

쿠로노는 남자들의 낌새를 확인했다.

"……금화 10닢이라면."

"금화 10닢 나왔습니다! 진주화 한 닢이라도 더 얹는다면 낙찰받을 수 있습니다!"

사회가 목소리를 높였지만, 금화 10닢 이상의 값을 매기는 자는 없었다.

엘레인이 걱정했던 전개였다.

"달리 안 계시지요? 네, 금화 10닢으로 낙찰입니다!"

사회가 선언하자 소녀는 안도한 듯한 표정을 띠었다.

소녀와 노예 상인은 무대 가장자리로 사라졌다.

"자아, 다음으로 가겠습니다!"

사회가 외치고 다음 소녀와 노예 상인이 무대 가장자리에서 나왔다.

이번 소녀는 가슴이 컸다. 그 때문에 천이 들어 올려져 하반신이 미처 다 가려지지 않을 정도였다.

"여자애뿐이네요."

"이 근방에서는 남자 노예가 필요 없으니까."

가슴이 큰 소녀가 눈앞을 지나쳐 갔다.

요염함을 어필하려고 그런 것인지, 필사적으로 허리를 흔드는 모습이 딱했다.

"안 팔리고 남으면 어떻게 되는 겁니까?"

"가망이 있으면 다음 경매 시장에 설 거야."

"다음 시장에서도 안 팔리면?"

"우리 창관에서 거둘 때도 있지만, 그 외에는 알 수 없어. 좋은 결말은 아니겠지."

"그렇군요. 오늘 사려는 노예의 이름은 아나요?"

"그래. 엘레나라는 이름으로 자유도시 국가군에 유학 경험이 있다고 들었어."

"엘레나인가."

쿠로노는 입안에서 이름을 되뇌었다.

※

어째서 이런 곳에 있는 걸까? 하고 엘레나는 무릎을 끌어안은 팔에 힘을 주었다.

시야는 어둠으로 막혀 눈을 뜨고 자세히 쳐다봐도 훤히 내다볼 수가 없다.

아니, 가령 내다볼 수 있었다 한들 뭐가 된다는 건지.

엘레나가 있는 곳은 양팔을 펼칠 수도 없고, 설 수도 없는 우리 안이었다.

자신이 처한 상황을 알면 도리어 절망이 깊어질지도 모른다.

"어째서?"

진정 자기 목소리인가 싶은 소리가 새어 나왔다.

그건 헤아릴 수 없을 만큼 되풀이해 왔던 물음이었다.

어째서 자신은 이런 곳에 있는 것인가.

어째서 이런 꼴을 겪어야 하는가.

만약 이것이 벌이라고 한다면 자신은 어떤 죄를 범했단 말인가.

엘레나── 엘레나 그라피어스는 케페우스 제국의 준귀족이었다.

그라피어스 가문의 역사는 제국의 여명기까지 거슬러 올라간다.

선조는 숲을 개간하고 밭을 넓혔으며 소작인을 늘리고 토지를 지키기 위해 무장했다.

당시의 황제조차도 무시할 수 없는 세력을 쌓아 올렸다.

그 과정에서 죄를 범했을지도 모르지만, 자신이 벌을 받을 이유는 되지 않을 터다.

"어째서?"

엘레나는 머리를 쥐어뜯었다.

아버지는 보수적인 사람이었지만 엘레나의 가장 큰 아군이기도 했다.

자유도시 국가군에 입학하고 싶다고 말했을 때 흔쾌히 찬성해 주었다.

어머니를 설득하는 게 훨씬 더 어려웠다.

유학처로는 이메이를 선택했다. 동방의 현관문으로서 발전한 동서문명의 교류점이다.

이국의 말, 관습, 문화, 다양한 것들을 배웠는데, 산술은 흥미 깊은 분야 중 하나였다.

"어째서 내가 노예 신세가."

투둑, 투둑, 하고 머리카락을 뽑았다.

계기는── 아버지의 죽음이었다.

유학처에서 아버지의 죽음을 알게 되어 부랴부랴 귀국했다.

몇 년 만의 귀향에 불안이 없지는 않았다.

하지만 엘레나의 불안은 기우에 지나지 않았다.

약혼자인 필립은 따뜻하게 대해 주었고, 숙부도 마음을 써 주었다.

이대로 고향에 뼈를 묻는 것도 나쁘지 않다고 생각하기 시작한 무렵, 사건이 일어났다.

도적이 저택을 습격한 것이다. 사용인은 살해당했다. 어머니의

생사는 알 수 없었지만 아마 무사하진 못하리라.

그리고 엘레나는 노예 상인에게 팔려나갔다.

노예 상인 밑에는 엘레나처럼 납치된 소녀가 많이 있었다.

처음에는 그녀들도 인간다운 감정이 있었다.

하지만 그녀들은 폭력을 당할 때마다 저항할 기력을 잃어 갔다.

엘레나는 꺾이지 않았다.

물론 그 대가는 싸지 않았다. 반항할 때마다 폭력을 당했다.

온몸이 아팠다. 아프고, 뜨거웠다.

그래도 버틸 수 있었던 건──.

"……필립, 빨리 구해줘."

필립이 구하러 와줄 거라고 믿고 있기 때문이다.

필립은 어릴 적부터 기사가 되고자 단련을 쌓아 왔다고 했다.

군사학교를 갓 졸업한 참이지만 노예 상인의 호위 같은 건 쉽게 물리칠 수 있을 터다.

"부탁이야, 빨리 구하러 와줘."

그렇지 않으면 마음이 꺾이고 만다.

반항적인 태도를 보여도 죽지 않고 그치는 건 상품 가치가 남아 있기 때문이다.

만약 상품 가치가 사라지면 노예 상인은 엘레나를 죽일 것이다.

아니, 죽는 것보다 지독한 꼴을 당할지도 모른다.

갑자기 빛이 비쳐 들어왔다.

"필립!"

"아앙? 너무 맞아서 본격적으로 머리가 맛이 가 버린 거냐?"

역광을 등지고 서 있던 건 노예 상인의 부하였다.

노예 상인의 부하는 얼굴을 찌푸리고 귀찮다는 듯이 잠긴 문을 열었다.

"싫어! 오지 마!"

"시끄러워! 얼른 우리에서 나오란 말이다!"

노예 상인의 부하는 격앙한 듯이 외쳤고, 몇 번이나 긴 몽둥이로 엘레나를 찔렀다.

몽둥이 끝부분이 꽂힐 때마다 숨이 막혔다.

"알겠냐? 알았으면 빨리 우리에서 나와라."

"……."

엘레나는 입술을 깨물고 우리에서 기어 나왔다.

일어서려다가 휘청거렸다. 다리가 약해져 힘이 들어가질 않았다.

그래도 노예 상인의 부하는 손을 빌려주지 않았다.

"자, 얼른 이쪽으로 와라. 나오면 복도를 똑바로 나아가는 거다."

엘레나는 몽둥이에 내몰리면서 좁은 통로를 나아갔다.

잠시 후 누군가가 통로에 서 있는 걸 알아차렸다.

천천히 이쪽으로 가까이 다가온다.

지독한 꼴의 소녀였다. 몸은 피와 배설물, 토사물로 범벅이 되어 있다.

머리는 부스스하고 피부는 멍과 때로 거무스름해져 있고, 왼쪽 눈은 부어올라 있었다.

마치 귀신 같다고 생각했다.

"감상은 없냐?"

"무슨——!"

노예 상인의 부하가 비웃으며 말하자, 엘레나는 숨을 삼켰다.

"아, 아아!"

엘레나는 신음했다. 귀신 같은 소녀의 옆에는 노예 상인의 부하가 서 있었다.

즉, 그것은——.

"히히히, 이렇게 되어 버리면 자신도 깨닫지 못하는 건가?"

"아, 아니야! 이런 건 내가 아니야!"

엘레나가 머리를 흔들며 부정하자, 귀신 같은 소녀도 머리를 흔들었다.

"이, 이런 건, 너무해."

"자, 노예시장으로 가자고. 너의 화려한 등장 무대다."

노예 상인의 부하는 즐거운 듯이 말했다. 아니 진짜 즐기고 있었다.

"부, 부탁이야. 하다못해 물로 씻게 해줘."

"냄새나니까 가까이 붙지 말라고!"

노예 상인의 부하는 손으로 입가를 가리고 뒷걸음질했다.

"부탁이니 물로 씻게 해줘. 이래서는——"

"냄새나니까 가까이 오지 말라고 했잖아!"

노예 상인의 부하는 격앙하여 나무 몽둥이를 내질렀다.
몽둥이 끝부분이 명치를 찔러, 엘레나는 참지 못하고 무릎을 꿇었다.
"부탁이야, 부탁해. 이런 꼴로는——"
"만지려 들지 마라! 이 토사물 범벅 돼지가!"
퍽, 하는 소리가 났다. 노예 상인의 부하가 엘레나를 걷어찬 것이다.
"안 팔리고 남을 게 뻔한 식충이가! 준귀족인가 뭔가 지껄였지만 말이다."
"나는 그라피어스 가의——"
"알 바냐! 여기선 너는 노예란 말이다!"
노예 상인의 부하는 엘레나의 말을 가로막고 말했다.
"아무도 안 사주면 그걸로 끝인 상품이라고."
"나, 나는……."
바보였어, 라고 엘레나는 마음속에서부터 후회했다.
현실을 이해하고 있지 않았다. 오기를 부려서는 안 됐다.
노예로서 팔리면 도망칠 수 있었을지도 모른다.
눈물이 흘러넘쳤다.
"이제야 자기가 처한 상황을 이해한 거냐."
"이해했어. 이해했으니까——"
"이해했으면 포기하라고. 애초에 그렇게 엉망이 됐는데 물로 씻는다고 해서 뭐가 어떻게 되겠냐?"

너희들이 때렸기 때문이잖아, 하고 말할 수 있다면 얼마나 좋을까.
하지만 지금의 엘레나—— 노예는 그런 건방진 행동을 할 수 없다.
"부탁드립니다. 물로 씻을 수 있게 해주세요."
"부탁해 봤자 씻게 해줄 리 없잖냐. 자, 얼른 일어나."
노예 상인의 부하가 짜증이 난 듯이 몽둥이로 바닥을 두드렸기에 엘레나는 일어섰다.
"자, 왼쪽이다. 왼쪽 계단을 올라가."
"……."
엘레나는 휘청거리면서 계단을 올라갔다.
절반도 올라가지 않았는데 허벅지가 땡땡 부었다.
계단이 절반 남았을 때 노예 상인의 부하가 입을 열었다.
"안 팔리고 남았을 때가 기대되는군."
"……."
엘레나는 말없이 계단을 올라갔다.
"뭐야? 자기가 어떤 꼴을 당할지 흥미가 없는 거냐?"
몽둥이로 벽을 두드리고 있는 것인지 탁, 탁 하는 소리가 울렸다.
"마지막으로 일 하나 하게 해줄 테니 기대하고 있으라고."
"마지막, 일?"
되풀이해서 중얼거리자 히죽거리는 소리가 났다.

노예 상인의 부하가 웃은 것일지도 모른다.

"쓸모없어진 가축은 죽이잖냐? 노예도 마찬가지다. 신입 앞에서 참혹하게 죽여 주지."

전신에 소름이 돋았다.

죽음은 무섭지만, 그 이상으로 즐겁게 말하는 노예 상인의 부하가 무서웠다.

"편하게는 죽이지 않을 거니까 말이다. 부탁이니까 죽여 달라고 애원할 때부터가 시작이다. 쉽게 죽지 말아 달라고."

하핫, 하고 노예 상인의 부하는 웃다가──.

"넌 바보구만."

웃는 걸 멈추고 진지하게 중얼거렸다.

"나는 바보다. 다른 노예도 바보야. 하지만 너만큼 바보는 아니다. 너만큼 바보인 노예는 오랜만에 봤어."

마침내 계단을 다 올라갔다. 계단은 무대 가장자리로 이어져 있었다.

무대 너머에서 부드러운 이야기 소리가 들려왔다.

"자, 가라! 가서 무대 테두리를 한 바퀴 돌고 오는 거다!"

"──!"

노예 상인의 부하가 몽둥이로 등을 찌르자, 엘레나는 참지 못하고 무대로 뛰쳐나갔다.

다음 순간, 그 자리가 쥐 죽은 듯 고요해졌다.

"……이렇게나 꾀죄죄해져 있었던 건가."

무대에 서 있던 노예 상인이 얼굴을 찌푸렸다.
"에, 아~."
사회자까지 말을 잃고 있었다.
엘레나는 휘청거리는 발걸음으로 걷기 시작했다. 걸음을 내디딜 때마다 절망이 쌓였다.
엘레나가 가까이 가자 회장에 있던 남자들이 얼굴을 찌푸렸기 때문이다.
거북한 듯이 고개를 돌리는 사람이 있는가 하면 코를 잡는 사람도 있다. 회장을 나가는 사람도 있었다.
"아아……."
무대 테두리를 걸으며 신음했다.
불과 얼마 전까지 그라피어스 가의 영애였는데, 지금의 자신은 무가치한 것이다.
아니, 가치가 없는 정도가 아니다.
오물이다. 엘레나 그라피어스는 무대를 더럽힐 뿐인 오물로 전락했다.
눈물로 시야가 번졌다. 마치 취해 버린 것만 같이 발치가 휘청거렸다.
그렇다 하더라도, 어찌어찌 무대를 일주하고 손님들이 있는 쪽을 향해 돌아섰다.
"자기소개다, 자기소개!"
노예 상인의 부하가 무대 가장자리에서 소리쳤다.

자신을 죽이는 게 기대된다고 말했으면서, 하고 웃을 뻔했다.
아아, 어쩌면 죽이는 게 귀찮아진 것일지도 모른다.
"……엘레나, 엘레나 그라피어스입니다. 자유도시 국가군에서 유학하고 있었습니다. 특기는 산술입니다."
"금화 10닢부터 시작입니다."
사회가 선언했지만, 아무도 손을 들려고 하지 않았다.
머릿속이 쾅쾅 울린다. 누군가가 뭔가를 외치고 있었다.
모르겠다. 모르겠지만, 자신은 이미 끝장났다고 생각했다.
도적이 침입해 왔을 때 죽었으면 좋았을 텐데.
노예 상인에게 팔렸을 때 죽었으면 좋았을 텐데.
죽었다면 이런 비참함을 맛보지 않고 끝났을 텐데.
"어째서?"
수도 없이 되풀이한 질문에 겨우 답이 나왔다.
자신은 바보였다.
준귀족이라든가, 배운 것이라든가, 약혼자라든가 그런 것에 매달리고 있었다.
폭력에 노출되었을 때 그런 것이 무슨 도움이 될까.
고개를 숙여야만 했다.
그런 것도 몰랐으니까 오물로서 죽는 처지가 되는 것이다.
죽음을 의식한 순간――.
"우, 우웨에에에엑!"
엘레나는 참지 못하고 구토했다. 시큼한 것을 토해내도 구토감은 사라지지 않았다.

위가 뒤집히는 듯한 불쾌감에 몇 번이고 헛구역질했다.

구역질이 잦아들고――.

"……부탁드립니다. 저를 사주세요. 뭐든 할게요. 그러니 저를 죽이지 말아 주세요. 당신의 노예로서 죽게 해주세요."

엘레나는 토사물에 얼굴을 묻다시피 엎드렸다.

"내가 사지."

"――!"

엘레나는 기세 좋게 고개를 들었다.

척안의 청년―― 아니, 소년이 손을 들고 있었다.

"그러니까, 빨리――"

"……아아."

엘레나는 안도의 숨을 내쉬었다.

척안의 청년은 소란을 피우고 있는 것 같았지만, 그런 건 아무래도 좋았다.

오물이 아니라 노예로서 죽을 수 있다. 그건 그나마 인간다운 죽음이리라.

엘레나는 울고, 또 울며―― 그대로 의식을 잃었다.

※

각성은 애매했다. 언제부터 의식을 되찾았는지 확실하지 않았다.

정신을 차리자 침대에 누워 천장을 올려다보고 있었다.

"살아있어……?"

엘레나는 멍하게 중얼거리고는 가볍게 기침을 했다. 목이 타들어 가는 것처럼 아팠다.

"다행이야. 눈을 떴네."

침대에 누운 채 목소리가 난 쪽을 보니 척안의 청년이 의자에 앉아 있었다.

그 옆에는 메이드가 대기하고 있었다. 앞가슴이 크게 파인 메이드복이었다.

"이대로 눈을 뜨지 않는 건 아닐까 해서…… 미안."

"사과하지 않아도 돼."

엘레나는 쓴웃음을 지으며 대꾸했다.

"당신이 날 사준 거지?"

"기억이 나?"

"그래, 기억── 콜록콜록!"

가볍게 기침을 하자 철 냄새가 나는 맛이 입안에 퍼졌다.

"이 애, 목이 마른 거 아니야?"

"그러게. 몸을 일으킬 수 있겠어?"

청년이 일어섰고, 엘레나는 도움을 받으며 몸을 일으켰다.

고작 그것만으로 몸이 아팠다.

"자, 물이야."

"고, 고마—— 콜록콜록!"

메이드에게 감사의 말을 전하고 싶었지만, 또다시 기침하고 말았다.

"고맙다는 말은 됐으니까 얼른 마셔 버려."

"……."

엘레나는 메이드에게서 컵을 받아들고 청년의 도움을 빌리며 입가에 컵을 옮겼다.

미지근한 물을 탐하듯이 마셨다.

"너무 많이 마시는 건 좋지 않아."

"……아."

컵이 입가에서 떨어져, 자기도 모르게 목소리가 새어 나온다.

"자, 누워."

"어쩐지 할머니가 된 것 같아."

청년의 도움을 받으며 침대에 다시 누웠다.

철 냄새가 나는 숨을 내쉬고, 거무칙칙한 멍과 작은 상처가 새겨진 팔을 봤다.

"나는——"

"엘레나였지."

"그래, 엘레나 그라피어스."

이름을 댄 순간, 안도감이 가슴에 퍼졌다.

적어도 이름을 댈 수 있을 정도로 인간성을 되찾은 것이다.

"당신은?"

"나는 쿠로노. 쿠로노 크로포드."

"에라키스라는 이름은 안 쓰는 거야?"

"내 안에서는 크로포드 쪽이 더 격이 높다고."

메이드가 놀리듯이 말하자, 청년—— 쿠로노는 부루퉁해진 듯이 말했다.

"여긴…… 에라키스 후작령이야?"

"응, 에라키스 후작령의 하셀이라는 도시야."

엘레나의 기억이 정확하다면 에라키스 후작령은 케페우스 제국 북서쪽 끝에 있을 터였다.

본가까지 상당히 거리가 있지만, 외국에 비하면 나았다.

"염치없는 부탁이지만, 나를 집에 보내주지 않겠어?"

"알았어. 아는 상인한테 부탁해서 본가에 연락을 취해 볼게."

"고마워. 그러는 김에 부탁이 하나 더 있는데……."

"뭔데?"

"씻을 수 있게 해줘. 그리고 편지도……."

"좋아. 사람을 불러올 테니까 조금 기다리고 있어."

쿠로노는 방을 나가서 미노타우로스를 데리고 돌아왔다.

"미노타우로스더러 옮기게 할 생각이야?"

"안주인 혼자서는 무리니까 말이지."

미노타우로스는 힘쓰는 일을 시키는 아인으로, 귀족이나 준귀족에게 닿아서는 안 된다.

그렇게 생각했지만, 입 밖으로 낼 수는 없다.

"대장, 보통은 엘프나 드워프를 쓰는 법임다."
"그렇게까지 신경 쓸 거 없지 않아?"
"뭐, 대장이 그리 말씀하신다면야."
미노타우로스는 가볍게 엘레나를 들어 올려 같은 층에 있는 탈의실까지 옮겼다.
"여기서부터는 내 일이네. 남자들은 나가 봐."
"……."
안주인이라 불린 메이드는 쿠로노와 미노타우로스를 내쫓았다.
"자, 설 수 있겠어?"
"손을 빌려줘."
"어린애가 아니니까 혼자서 걷도록 해."
엘레나는 아픈 몸을 질질 끌며 네글리제를 벗었다.
상처투성이인 몸을 보고, 원래대로 돌아갈지 걱정이 들었다.
눈물을 참으며 욕실에 들어가자 김이 가득 차 있었다.
1초라도 빨리 때를 씻어내기 위해 뜨거운 물이 가득 채워진 욕조에 가까이 다가갔고――.
"먼저 몸을 씻도록 해."
"……알고 있어."
엘레나는 나무통으로 욕조의 물을 건져 살며시 어깨에서부터 뿌렸다. 그것만으로도 상처가 아팠다.
"아픈 건 살아있다는 증거지."
엘레나는 굴욕을 버티며 물을 끼얹었다.

검붉은 물이 타일을 더럽혔고, 참기 힘든 악취가 났다.
"지독하네. 너, 얼마나 못 씻은 거야?"
"……그런 거, 나도 몰라."
"머리 감겨 줄 테니까 등 돌려 봐."
엘레나가 그 자리에 앉아 등을 향하자, 여주인은 머리부터 물을 끼얹었다.
조금 전과 마찬가지로 물이 검붉게 물들었지만, 몇 번이고 반복하자 곧 투명한 물이 흐르게 되었다.
"그 남자는 누구야……?"
"쿠로노 님 말이야?"
여주인은 비누를 손에 든 채 움직임을 멈췄다.
"특이한 귀족이라고 해야 하려나?"
"……그런 설명으로는 알 수가 없어."
"나도 정확히는 모르니까 원하는 답은 줄 수가 없겠네."
"날 놀리는 거야?"
"그러니까, 나도 모른다고 말하잖아."
여주인은 그렇게 말하고는 엘레나의 머리를 감겨 주기 시작했다.

※

"벌써 한 달인가."

엘레나는 침대에 누운 채 중얼거렸다.

쿠로노에게 보호받고 나서 한 달이 지나려 하고 있다.

왼쪽 눈의 붓기는 가셨고, 멍도 제법 희미해졌다.

아직 전부 회복한 건 아니지만, 혼자서 걸을 수 있을 만큼은 회복했다.

"슬슬 답장이 올 무렵이지."

마중하러 와준다면 기쁘겠는데, 하고 엘레나는 그런 생각을 하며 쓴웃음을 지었다.

숙부는 사후 처리로 바쁠 테고, 필립도 기사 업무로 바쁠 터다.

게다가 어떤 얼굴로 만나면 좋은지.

"일어나 있어?"

"앗……! 그래! 일어나 있어!"

쿠로노가 문 틈새로 얼굴을 내밀어, 엘레나는 몸을 일으켰다. 어째서인지 여주인도 함께였다.

"펴, 편지는?"

"……그거 말인데."

쿠로노는 거북한 얼굴로 침대 옆에 있는 의자에 앉았다.

"저기 말이야, 픽스 상회라고 알아?"

"당연하지, 유명하니까."

"픽스 상회 사람한테 부탁해서 네 편지를 전해 주려고 했는데…… 아무래도 너는 죽은 것으로 되어 있는 모양이야."

어? 하고 엘레나는 쿠로노가 한 말의 의미를 이해하지 못했다.

"어, 어째서? 나는 살아있는데?"
"집이 도적에게 습격당했을 때, 사용인과 함께 죽었다고 되어 있었어."
"곧바로 오해를 풀어야 해!"
"——!"
침대에서 내려간 순간, 엘레나는 쿠로노에게 팔을 붙잡혔다.
"잠깐, 이거 놔! 집에 돌려보내 주겠다고 했잖아!"
"……보내주고 싶지만, 사정이 변했어."
오싹하는 오한이 엘레나의 등줄기를 타고 올라왔다.
공식적으로 죽은 인간—— 즉, 뭘 해도 상관없다는 말이다.
"서, 설마, 나를 노예로 삼을 생각이야?"
"아니, 그런 게 아니라……."
"쿠로노 님, 그냥 빨리 사실을 말해줘."
여주인은 넌덜머리가 난 듯이 말했다.
"사실이라니, 뭐야?"
"하아, 눈치가 나쁘네."
여주인은 짐짓 티가 나게 한숨을 내쉬었다.
"안주인, 내가 말할게."
쿠로노는 우울한 듯이 말했다.
"엘레나, 너는 숙부와 약혼자의 음모에 빠진 거야."
"음모라니……? 어째서, 두 사람이 나를?"
"그들이 노린 건 그라피어스 가의 재산이야. 너의 숙부는 재산

관리를 맡고 있었지만, 정식 상속인은 너였으니까."

"피, 필립은? 나랑 결혼하면 그라피어스 가의 재산은 전부 그의 것이나 마찬가지잖아?! 필립이 날 음모에 빠뜨릴 이유가 없어!"

"넌 자유도시 국가군에 유학하고 있었지?"

"그, 그게 뭐 어쨌다는 거야."

"그는 이렇게 생각했던 건 아닐까? 결혼해도, 똑똑한 너는 재산 관리를 자신한테 맡길 생각이 없는 것 아닐까, 하고. 어쩌면 네 숙부가 자신의 딸과 결혼하면 재산은 너의 것이라며 공범이 되자는 이야기를 건넸을지도 몰라."

"그, 그런……."

엘레나는 발치가 무너져 내리는 듯한 착각에 사로잡혔다.

반석이라고 생각했던 것은 사상누각에 지나지 않았다.

"어, 어머님은!"

"돌아가신 것 같아. 확증은 없지만, 도적들 손에 변을 당했겠지."

이번에야말로 엘레나는 말을 잃었다.

"이걸로 네가 엘레나 그라피어스라고 증명해 줄 사람은 없어. 사용인은 모두 죽었고, 너도 나가 봤자 죽는 게 결말이야."

"……가, 나가!"

엘레나는 그렇게 소리치는 게 고작이었다.

※

밤이 되어 엘레나는 눈을 떴다. 아무래도 울다 지쳐 잠들어 버린 듯했다.

"저녁 시간이야."

"필요없어."

여주인은 한숨을 내쉬고는 은색 쟁반을 책상 위에 올려놓았다.

"후—, 어잇차."

"쟁반 올려뒀으면 나가."

여주인은 귀찮은 듯이 침대 옆에 있는 의자에 앉았다.

"어떻게 처신해야 할지 조금은 생각했어?"

"이런 상황에서 생각할 수 있을 리가 없잖아. 숙부와 약혼자한테 배신당하고, 노예로 팔리고, 그런 데다 어머님까지…… 이제, 뭔가 아무래도 좋아졌어……."

엘레나는 베개에 얼굴을 묻고 울먹이는 목소리로 대답했다. 마음의 버팀목이었던 필립까지도 적이었다.

부모끼리 결정한 약혼자일 뿐이었는데, 어째서 사랑이 있다고 생각했던 걸까.

"어머님이 살해당했는데, 제법 박정하네."

"당신이, 당신이 뭘 안다는 거야! 어머님의 복수를 하고 싶은 게 당연하잖아! 하지만, 하지만…… 지금의 나한테는 아무것도 없어. 준귀족 지위도, 돈도, 내가 엘레나 그라피어스라고 증명할 방법조차 없어! 이런 상태에서 어떻게 복수하라는 거야!"

엘레나가 분노에 몸을 맡겨 외치자, 여주인은 어이가 없다는 듯이 한숨을 내쉬었다.

"네 머리는 장식이야? 아무것도 없다면 복수할 방법을 생각하라고."

"생각해……?"

엘레나는 여주인의 말에 광명을 본 듯한 느낌이 들었다.

전부 없어지고 말았지만, 3년 동안의 유학으로 기른 지식은 건재했다.

귀족의 노예라는 입장도 있다.

"그래서, 식사는 어떻게 할 거야?"

"먹겠어."

엘레나는 일어나서 책상에 앉았다.

그리고――.

"……빌어먹을, 두고 봐."

숟가락을 꽉 쥐며 원한에 찬 말을 내뱉었다.

제6장 『도적단』

제국력 430년 7월 상순—— 쿠로노는 경리 담당자의 방에 있는 소파에 누워 여주인과 엘레나의 이야기를 듣고 있었다.

"이 '아궁이세'와 '장작세'라는 건 뭐야?"

"읽은 글자 그대로야. 여기서는 아궁이에도, 장작에도, 신혼부부가 첫날밤을 맞이할 때도 세금을 내게 되어 있어."

엘레나가 의아하다는 듯이 묻자, 여주인은 넌덜머리가 났다는 듯한 어조로 말했다.

"나 참. 요람에서 무덤까지 세금, 세금, 세금이라니 지긋지긋하네, 이곳 영주. 용케 반란이 없었어."

"세금을 아주 조금씩 올리다 보니 반란을 일으키자는 뜻이 모이질 않았던 거야. 갑자기 세가 올랐다면 우리도——"

"그래서, 어쩔 거야?"

엘레나는 여주인을 무시하고 물었다.

"영문을 알 수 없는 세금은 폐지하게끔 했어."

쿠로노는 누운 채로 엘레나에게 시선을 보냈다.

빨갛고 긴 머리카락을 좌우에서 묶고 있다. 주근깨가 콧마루 부근에 있고, 눈매는 건방져 보였다.

지나치게 마른 몸을 하얀 원피스로 감싸고, 무슨 이유에서인지

가죽제 목걸이를 차고 있었다.

의사는 완치되었다고 말했지만, 안색은 아직 좋지 않았다.

이제 막 일하기 시작한 참이니 무리하지 말았으면 하지만, 본인은 의욕 만만이었다.

쿠로노는 '그러고 보니 앨리사도 오늘이 처음으로 일하는 날이었지, 나중에 한 번 보러 가야겠다' 하고 생각했다.

"인기 끌기에 여념이 없네."

"전임자 때문에 목이 매달리고 싶지는 않으니까 말이지."

쿠로노는 쓴웃음을 지으며 대답했다.

"이걸로 경기가 좋아졌으면 좋겠는데."

"경기를 알아?"

"세율이 오르면 소비가 줄고, 소비가 줄면 영민의 가계 사정이 안 좋아지지. 그 뒤로는 악순환이야."

엘레나가 바보 취급하는 것처럼 말하자, 쿠로노는 지식을 피로했다.

"흐음~ 너…… 쿠로노 님은 의외로 생각이 깊네."

"칭찬, 고마워."

"쿠로노 님이 좀 더 빨리 영주가 되어 줬다면 가게를 계속할 수 있었을 텐데."

"그 가게는…… 내가 더 빨리 영주가 되었어도 마찬가지였지 않을까."

"그런 건 해 보지 않으면 모르잖아~!"

여주인은 허리에 손을 대고 부루퉁해진 듯이 말했다.
"있징, 쿠로노 니임~."
"아무리 애교부려도 돈은 안 빌려줄 거야."
"짠돌이!"
여주인은 짧게 외치고는 어깨를 풀썩 떨궜다.
"하아~, 고용 기간이 끝날 때까지 버텨야만 하려나."
"금화 백 닢이나 빌렸으면서 추가로 더 빌리려 하다니 뻔뻔한 메이드네."
엘레나가 셰라를 보며 말했다.
"어째서 네가 내 빚을 알고 있는 건데?"
"막 이어받은 참이지만, 나는 경리 담당이니까."
여주인이 의아한 듯한 시선을 보내자, 엘레나는 책상 위에 쌓인 장부를 두드렸다.
장부를 보면 안다고 말하고 싶은 것이리라.
"잘도 이런 여자한테 금화 백 닢이나 빌려줬네."
"훗, 나한테 그만한 가치가 있다는 거 아니겠어?"
여주인은 씨익 웃고는 가슴을 강조하며 팔짱을 꼈다.
"그러는 너는 어느 정도의 가치였더라?"
"……금화 열 닢."
"뭐, 그렇겠지."
여주인은 엘레나의 다소곳한 가슴을 바라보며 말했다.
"어딜 보고 있는 거야?!"

"너의 얌전한 가슴이지."

"큭, 크다고 좋은 게 아니거든!"

엘레나는 여주인의 시선을 가로막으려는 것처럼 팔을 교차시켰다.

"올해의 세수는 얼마 정도가 될 것 같아?"

쿠로노가 엘레나를 보며 말했다.

"어? 아아, 올해의 세수 말이지……."

엘레나는 가까이 있는 장부에 시선을 떨궜다.

"어디 보자…… 영문을 알 수 없는 세금을 폐지했으니 세수는 대폭 줄겠지만, 예년의 세수를 토대로 생각하면 올해는 금화 6만 닢 전후가 되지 않을까?"

"그래? 다행이네."

쿠로노는 가슴을 쓸어내렸다. 이거라면 부하들이 한꺼번에 미지급분 급여를 받으러 와도 대응할 수 있다.

"수확이 끝나고 현금화할 때까지 안심하면 안 돼."

"뭐, 그렇긴 하지만 말이야."

쿠로노는 현금화의 여정을 생각하고 한숨을 내쉬었다.

하셀에서는 화폐로 세금을 내지만, 농촌에서는 작물로 세금을 내고 있다.

화폐는 아무 문제가 없지만, 작물은 몇 가지 절차를 밟아야만 한다.

우선 징세관이 7월 초순까지 마을을 돌아다니며 예상 수확량

견적을 낸다.
다음으로 예상 수확량을 기준으로 세율을 결정한다.
거기다 수확을 끝냈을 무렵에 다시 마을을 돌아다니며 작물을 징수한다.
마지막으로 상인에게 작물을 팔아 겨우 현금화되는 것이다.
"게다가 이 장부가 정확한지 어떤지를 모르니."
"……무서운 말을 하네."
"군비를 횡령해서 고발당한 남자의 부하가 쓰던 장부잖아? 도저히 믿을 수가 없단 말이지."
"그건 그렇지만……."
쿠로노는 다시 한숨을 내쉬었다.
"아~ 전도다난하네~."
쿠로노는 종이를 얼굴에 올리며 중얼거렸다.
"……아까부터 계속 종이를 만지고 있는데, 그렇게나 신기해?"
"응? 아아, 우리 공방에서 종이를 만들었으니까, 이제부터 어떻게 움직여야 할지 생각하고 있었어. 가능하면 대량 생산하고 싶은데."
"……?!"
엘레나는 말없이 일어나서 쿠로노에게 뛰어왔다.
종이를 손에 쥐고 놀란 듯이 눈을 휘둥그레 떴다.
"미, 믿기지 않아!"
"뭐가? 종이는 여기도 썩어 넘칠 정도로 있잖아?"

여주인은 책상 위에 쌓인 서류를 힐끔 보며 말했다.
"조, 종이 제조법은 비밀에 부쳐져 있다고!"
"그래? 좀 줘 봐."
흥미가 동한 것인지 여주인은 엘레나에게 가까이 다가가 종이를 낚아챘다.
"감촉이라든가 색깔이 미묘하게 다른 듯한 느낌이 들지만, 틀림없는 종이네."
여주인이 말하는 대로 종이의 질감은 전통지에 가까웠다.
"잠깐! 내가 보고 있었잖아!"
"시끄럽네. 조금 더 본다고 해서 천벌이 내릴 것도 아니고."
엘레나가 종이를 다시 빼앗으려 했지만, 여주인은 팔을 내밀어 그걸 저지했다.
종이를 되찾는 것을 포기했는지, 엘레나는 쿠로노를 봤다.
"공방에서 만들었다고? 이걸 드워프가 만든 거야? 처음부터?"
"뭐, 내가 대충 만드는 법을 설명하긴 했지만, 사실상 골디의 공적이지. 용케도 그런 설명으로 만들 수 있었구나 싶어."
"어떻게 해서 만든 거야?"
"나무껍질로 만들었어."
"호오, 나무껍질로 종이가 만들어질 줄이야."
여주인이 감탄한 듯이 중얼거렸다.
"그, 그렇지만, 비싸잖아?"
"그렇지도 않아. 일급 은화 한 닢으로 10명을 고용했다 치고,

이 크기의 종이를 진주화 한 닢으로 천 장 팔면 인건비는 확보할 수 있어."
"그렇게나 싸?"
"인건비만 계산한 가격이니까 실제로는 조금 더 비싸겠지만, 비슷하겠지. 슬슬 돌려줘, 여주인."
"여기, 좋은 걸 봤어."
쿠로노는 여주인에게서 종이를 받아들고 쓴웃음을 지었다.
일본에서 왔다고는 해도, 전통지와 연이 있는 생활을 보냈던 건 아니다.
그런 자신이 이세계에서 전통지를 만들게 하고 있으니 세상일은 재미있다.
"그래서, 그 종이로 뭘 하려고?"
"이 종이를 써서 영지를 풍요롭게 만들 방법 없을까~ 생각하고는 있는데, 구체적인 건 아직 정하지 않았어."
양산 방법이나 판매 방법 등 생각해야 하는 건 많다.
"쿠로노 님, 나는 이만 주방으로 돌아가 볼게. 엘레나도 용무는 끝났지?"
"그래, 들어야 할 건 들었고."
"고맙다는 말 정도는 할 수 있지 않아?"
"고마워."
"좀 더 귀엽게 말하라고."
여주인은 한숨 섞인 어조로 말하고는 방에서 나갔다.

“너는 대단한 사람이었네.”
“만든 건 골디라니까?”
“네가 대단한 거야.”
엘레나는 그렇게 말하고는 바짝 다가왔다.
“너라면 더욱 굉장한 일을 할 수 있어.”
“그렇다면 좋겠는데 말이지.”
“할 수 있어, 분명.”
엘레나는 속삭이는 듯한 목소리로 말했다. 교태를 부리고 있는 듯한 상황인데도 전혀 요염한 느낌이 들지 않는 건 그녀의 눈동자가 강렬하게 빛나고 있기 때문이리라.
그녀가 노예가 된 경위를 생각하면 쿠로노를 이용해서 숙부와 약혼자에게 복수하려 하고 있다는 것 정도는 쉽게 상상할 수 있었다. 하지만 유감스럽게도 협력은 불가능했다.
자, 그럼 어떻게 할까 하고 생각하고 있었더니——.
『쿠로노 님!』
“꺄앗!”
다소 흐릿한 레이라의 목소리가 울리자, 엘레나가 펄쩍 뛰어올랐다.
“미안, 통신이야.”
쿠로노는 허리에 있는 파우치에서 투명한 구체—— 통신용 매직 아이템을 꺼냈다.
“무슨 일이야? 픽스 상회가 식량을 납품하러 온 거라면——”

『아니에요! 상인이 도적에게 습격당했어요! 다행히 다친 데는 없기에 위병 대기소에서 이야기를 듣고 있는 참이에요!』
"금방 갈게."
쿠로노는 소파에서 벌떡 일어났다.

※

쿠로노가 대기소 문을 열자 완전히 지친 모습의 남자가 보였다.
아마도 그가 도적에게 습격당한 상인일 것이다. 불현듯 눈이 마주쳐 남자가 눈을 크게 떴다.
"오오, 쿠로노 님!"
남자는 쿠로노의 발치에 무릎을 꿇었다. 쿠로노의 얼굴을 아는 상인은 많지 않다. 에라키스 후작의 수집품을 판 상인, 픽스 상회 관계자, 엘레인, 그리고 지금 무릎을 꿇고 있는 노예 상인이 고작이다.
"쿠로노 님! 돈과 상품을 도적에게 빼앗기고 말았습니다! 부디, 부디, 상품을 되찾아 주십시오! 마, 만약 되찾지 못한다면, 저는, 저는!"
"아아, 응. 알고 있어."
"빼앗긴 상품 말입니다만, 머리카락은 길고, 가슴은 이 정도 크기에, 남자가 좋아할 법한 훌륭한 엉덩이를 지니고 있습니다!"
노예 상인은 앉은 채로 몸짓과 손짓을 섞어 가며 빼앗긴 상품의 특징을 설명했다.

그런 설명을 들어도 곤란할 뿐이지만, 그를 무시할 수는 없었다.

이 남자는 제국의 법률을 지키고, 세금을 내는 성실한 상인이다.

엘레나가 어떤 꼴을 겪었는지 알고 있는 몸으로서는 석연치 않지만, 영주로서 그를 지켜 주지 않으면 안 된다.

"알았어. 반드시 되찾아 올게."

"감사합니다!"

노예 상인은 엎드려 절하고는 천천히 일어섰다.

"오늘 숙박비는 괜찮아?"

"걱정해 주셔서 감사합니다. 늘 이럴 때를 대비하고 있기에 한동안은 어떻게든 버틸 수 있습니다."

노예 상인은 부탁드립니다, 부탁드립니다, 하며 몇 번이고 고개를 숙이고는 그 자리를 떠나갔다.

"……쿠로노 님."

목소리가 난 쪽을 보니 레이라가 서 있었다.

"보고해 줘서 고마워."

"아, 아뇨, 당연한 책무이니까요."

"그렇다고 하더라도, 고마워."

쿠로노가 감사의 마음을 담아 귀를 만지자, 레이라는 황홀한 듯 눈을 가늘게 떴다.

문득 시선을 느껴 대기소 쪽을 보니 문 뒤에서 엘프 소녀가 이쪽을 보고 있었다.

쌍둥이인지, 거울로 비춘 것처럼 쏙 빼닮은 생김새였다.

외견상의 차이는 길게 기른 머리를 오른쪽으로 묶었는지, 왼쪽으로 묶었는지 뿐이었다.

쿠로노는 어쩔 수 없이 레이라의 귀에서 손을 뗐다.

“이 근처는 치안은 그렇게 나쁘지 않았지?”

“네, 제가 에라키스 후작령에 배속되고 나서도 도적 토벌은 한 번밖에 없었어요.”

“레이라가 배속된 건 몇 년 전이야?”

“5년 정도 전이에요.”

“5년인가.”

쿠로노는 작게 중얼거렸다.

“신성 아르고 왕국의 잔당이려나?”

“노예 상인은 기병에게 습격당했다고 말했습니다만…… 아, 죄송합니다.”

“아니야, 계속해.”

“네, 침공으로부터 두 달 남짓 지난 것을 생각하면 신성 아르고 왕국의 잔당일 가능성은 작다고 생각합니다.”

쿠로노가 재촉하자 레이라는 자신의 의견을 입에 담았다.

“주제넘은 말을 해서 죄송합니다.”

“아냐, 괜찮아. 오히려 생각나는 게 있으면 팍팍 말해 줬으면 해.”

뛰어난 군인이라면 성가시다고 느낄지도 모르겠지만, 쿠로노는 뛰어난 군인은 아니었다.

군인으로서도, 영주로서도 쿠로노의 능력은 구멍투성이였다. 경험도 부족했다.

체면을 살려 주는 것보다도 의견을 말해 주는 편이 도움이 됐다.

"그 밖에는 뭔가 말하지 않았어?"

"가죽 갑옷을 입고 있었다고 했습니다."

"그럼 경기병인가. 퇴물 용병이려나?"

"그럴까요?"

레이라는 복잡한 듯이 미간을 찌푸렸다. 자유도시 국가군이라면 또 모를까, 케페우스 제국에서는 용병은 직업으로 인정하지 않는다. 도적과 동의어라고 해도 과언이 아니다.

"지금까지 피해가 나오지 않은 걸 생각하면 용병은 아니려나. 그러고 보니 에라키스 후작은 치안 유지를 어떤 식으로 했지?"

"그다지 흥미가 없었다고 생각합니다. 하셀의 경비는 저희에게 전부 맡기고 있었고, 가도 경비도……."

"리크와 그의 부하들한테 전부 맡기고 있었나."

"그렇습니다."

성실하게 일하지 않았을 것 같네, 하고 쿠로노는 한숨을 내쉬었다.

하지만 5년이나 도적이 출몰하지 않았던 것을 생각하면 불성실했다고도 단언할 수 없다.

결과만을 보면 성실하게 일하고 있었다고 말할 수 있으리라.

"에이, 관두자."
"쿠로노 님?"
"아아, 에라키스 후작이나 리크의 부대가 성실하게 일하고 있었는지 생각했는데, 본인이 없으면 확인할 도리가 없으니까."
도적의 정체에 관해서도 그렇다.
"좋은 예감은 안 들지만 말이야."
"쿠로노 님?"
"아니, 혼잣말이야."
쿠로노는 작게 고개를 가로저었다.

※

쿠로노가 후작 저택 집무실에 들어가자 티리아는 눈을 살짝 크게 떴다.
"이제부터 부르러 가려고 생각했는데, 제법 빠르군."
"그렇게 생각했으니까 불리기 전에 온 거야."
"선수를 치다니, 약아빠진 녀석."
티리아는 재미없다는 듯이 턱을 괴었다.
"실은――"
"도적이 나왔다는 것 같더군."
티리아는 씨익 웃고는 의자 등받이에 몸을 기댔다.
"어떻게 알고 있는 거야?"

"노예 상인을 보호한 게 내 부하였기 때문이지. 부하 말에 의하면 노예 상인은 가죽 갑옷을 입은 기병들에게 습격당했다는 듯하다."

"그것도 알고 있구나."

"부하가 물어서 알아냈으니까 말이다."

"……어쩐지."

대기소에서 나왔을 때는 완전히 지쳐 있었을 법도 하군, 하고 마음속으로 덧붙였다. 두 번이나 같은 이야기를 하면 지칠 게 당연하다. 혹은 서로 책임 전가를 했다며 의기소침했든가.

"너는 이번 건을 어떻게 생각하지?"

"나는 리크와 그의 부대원들이 범인이 아닐까 하고 생각하고 있어."

"리크? 누구냐, 그건?"

"에라키스 후작령의 기병대장이야. 리크의 부대는 토지 감각이 있고, 도망친 지 2개월이나 지났으니까 말이야. 도적과 합류해서 자금 모으기를 하고 있어도 이상하지 않아."

"도적으로 가장했다고는 해도, 제국 군인을 치는 처지가 될 줄이야."

티리아는 몸을 일으키고는 깊게 한숨을 내쉬었다.

※

경리 담당자의 방에서는 엘레나가 장부와 씨름하고 있었다.
쿠로노는 그런 그녀를 곁눈질하면서 소파에 누웠다.
"도적은 어떻게 됐어?"
"노예 상인이 소지금과 상품을 빼앗겼대."
"흐응~ 그래."
엘레나는 흥미 없다는 듯이 말하고는 장부를 넘겼다.
장부를 넘기는 소리가 방에 울리고——.
"나를 실컷 때린 천벌을 받은 거야! 순백이자 질서를 관장하는 신이시여, 감사합니다! 꼴 좋다! 꼴 좋아! 노예 상인, 꼴 좋다아아아!"
엘레나는 갑자기 감정을 폭발시키고 크게 웃었다.
"쌤통이다! 쌤통이야! 쌤통이야아아아! 오늘 밥은 맛있을 게 분명해!"
"나로서는 그다지 기뻐할 일이 아니었지만 말이지."
"어째서?"
"도적이 나온다는 소문이 퍼지면 돈이나 물자의 흐름이 둔해지거든."
"흐응~?"
엘레나는 의자에서 일어나 가까이 다가오더니 소파에 앉았다.
"너는 신귀족이지?"
"그래. 벼락출세한 신귀족이지."
양아버지—— 클로드 크로포드는 동란을 잠재운 공적을 인정

받아 용병단 단장에서 귀족으로 출세했다.

하지만 역사가 있는 귀족들은 양아버지와 같은 사람들을 신귀족── 벼락출세한 자라며 바보 취급하고 있었다.

"신귀족은 좀 더 천박하고 막된 녀석들이라고 생각했었어."

"그건 편견……이라고는 단언할 수 없나."

다른 신귀족은 모르겠지만, 양아버지는 상스럽고 거친 부분이 있었다.

"신귀족은 재미있네."

엘레나는 몸을 바싹 붙였다.

"이래 보여도 너한테는 감사하고 있어. 그렇게 된 나를 사서, 치료까지 해준 데다 일거리까지 챙겨줬는걸. 그러니까……."

"배움이 있는 노예가 필요했던 것뿐이야. 딱히 고마워하지 않아도 돼."

"내가 감사하고 싶어."

엘레나는 쿠로노 위에 걸터앉아 이마를 밀어붙였다.

"여기까지 말했는걸. 나머지는 알잖아?"

"경리 일을 해주는 것만으로도 충분한데?"

"이 나를 마음대로 해도 된다고 말하고 있는 거라고? 사양하지 말고 받아들이란 말이야."

"아, 강매는 사양할게."

"강매라니, 무슨 소리야! 이래 보여도 나는 네 가문보다도 훨씬 역사가 있는 집안이라고! 이 기회를 놓치면 영영 안을 수 없을지도 모른다니까?!"

엘레나는 몸을 벌떡 일으켜 쉬지 않고 쏘아붙였다.

"흑심이 훤히 보이는 여자애한테 그런 말을 들어도 말이지……."

"흐, 흑심 같은 거 없어!"

엘레나는 고개를 돌렸다.

"뭐, 예상은 가지만. 뭐가 목적이야?"

"그러니까, 흑심은 없다고 하잖아! 고맙게 감사의 마음을 받아들여 두라고!"

"정말 솔직하지 못하네── 흡!"

쿠로노는 몸을 일으켜 엘레나를 깔아 눕혔다.

"뭐, 뭐야?"

엘레나는 놀라고 있었지만, 체격 차이를 생각하면 놀랄 일은 아니었다.

"다시 묻지. 뭐가 목적이야?"

"따, 딱히 목적 같은 건 없어."

"그래? 근데 난 거짓말을 싫어하거든."

쿠로노는 살짝 골려줄 생각으로 손가락으로 엘레나의 목걸이를 잡아당겼다가 깜짝 놀랐다.

엘레나가 겁을 먹은 표정으로 얼굴을 지키는 것처럼 팔을 들어 올린 것이다.

"모, 목걸이를 잡아당기는 건 괜찮지만, 부탁이니까 때리지 마. 응, 응?"

"아니, 그렇게 겁먹을 건 없잖아……."

쿠로노는 겸연쩍어져서 머리를 긁적였다. 그만큼 기가 드세어 보이던 사람이 어린애처럼 겁을 먹고 있었다. 아마 오랜 시간 폭행을 당한 후유증이리라. 불쌍하다는 생각이 들었지만, 한편으로 가학심이 들쑤셨다.

"걱정하지 마, 안 때리니까."

"꺄앗!"

쿠로노가 검지로 목부터 배꼽까지를 훑자, 엘레나는 호들갑스러운 비명을 질렀다.

"그 대신, 먹어 버리겠어. 이 몸이, 너를, 통째로 먹어 치우지."

"먹…… 히갸아아아앗!"

목덜미를 가볍게 깨물자 엘레나는 색기라고는 손톱만큼도 없는 비명을 질렀다.

잠시 몸이 굳어 있었지만, 불현듯 힘이 빠졌다.

쿠로노는 몸을 일으키고, 축 늘어져 있는 엘레나를 내려다봤다.

그녀를 바라보고 있자——.

"뭐, 뭐뭐, 뭘 딱딱하게 만들고 있는 거야!"

"아니, 뭐, 조금 불끈불끈해졌다고 할까…… 그럼 계속할까?"

"우, 웃기지 마!"

쿠로노가 엘레나를 내리누르자, 엘레나는 양팔을 뻗어 저항했다. 그야말로 필사적인 저항이었다.

"흑심은 없다며?"

"없을 리가 없잖아! 어째서 대가도 없이 너한테 소중히 여겨 온 처녀를 바쳐야만 하는 건데!"

"처녀였구나, 그랬구나. 훗."

"왜 웃는 거야!"

"호박이 굴러왔다고 할지, 아닌 밤중에 찰시루떡이라 할지. 의외의 장소에서 의외의 지인을 만난 듯한 기분이라고 할지."

"무슨 말을 하는 건지 모르겠어!"

엘레나는 얼굴이 시뻘게져서는 고함을 쳤다.

"잘 생각해 보니 엘레나는 내가 산 노예잖아? 그건 즉 내 마음대로 해도 괜찮다는 거 아니야?"

"안 괜찮아! 전혀 괜찮지 않아!"

"안타깝지만 이 나라에선 노예 제도가 합법이라서 말이지. 있는 제도는 이용해야 하지 않겠어? 그럼, 계속해볼까."

"잠깐잠깐! 스톱!"

쿠로노가 다시 내리누르자, 엘레나는 소리쳤다.

"뭔데?"

"거, 거래하자!"

쿠로노가 힘을 풀자 엘레나는 진지한 표정으로 말했다.

"어떤 거래?"

"별수 없으니까 하게 해줄게."

"그럼 곧바로 하자."

"하게 해주는 조건을 제시하지 않았잖아!"

한순간이지만 눈앞이 새하얘졌다. 엘레나한테 맞은 것이다. 그것도 주먹으로.

"조건이라니?"

"어려운 조건은 아니야. 내 숙부와 전 약혼자를 죽여 주면 돼."

간단하지? 라며 엘레나는 웃었다.

"그건 거래가 안 되는 거 아닌가?"

"어째서?"

"아니, 엘레나는 내 노예잖아? 다른 사람이 아닌 나의 노예잖아?"

"두 번이나 말하지 않아도 돼."

"그건 즉, 나는 엘레나를 마음대로 해도 되는 권리를 가지고 있다는 건데, 처, 처녀를——"

"더듬거리지 마! 이쪽이 부끄러워지잖아!"

엘레나는 뺨을 붉히면서 소리쳤다.

"——크흠, 처녀를 바칠 테니까 원수를 갚아 달라는 건 이상하지. 돈을 빌린 상대한테 돈을 빌려준다고 말하는 것만큼 이상해."

"이, 이상하지 않아."

엘레나는 쿠로노에게서 시선을 돌렸다.

"자발적으로 바치는 것과 억지로 빼앗는 건——"

"억지로 빼앗는 게 더 희귀한 경험이 아닐까?"

"웃기지 마! 내 마음을 얻고 싶지 않은 거야?!"

"뭐, 딱히?"

"태연하게 대답하지 마!"

엘레나는 쿠로노의 가슴을 도닥도닥 두드렸다.

"뭐, 농담이고. 솔직히 말하자면 복수에 힘을 빌려주는 게 내키질 않아서 그래."

"뭐가 불만인 거야?"

"위험성과 대가의 균형이 맞지 않아."

비용과 대가라고 해야만 하려나.

"내 처녀로는 부족하다는 말이야?!"

"그건 억지로라도 빼앗을 수 있으니 대가라고 못 하지."

"으그그극!"

억지로 빼앗으려 한다면 자결할 거라고 협박하려나 싶었는데, 엘레나는 분한 듯이 신음할 뿐이었다.

"어떻게 해서도 복수를 도와주지 않을 거야?"

"무리야."

갑자기 문을 두드리는 소리가 울리고——.

"실례하겠습니다."

뒤돌아보니 메이드장 앨리사가 문을 연 자세로 굳어있었다.

메이드복 차림을 보고 있자니 무언가 고참 병사 같은 관록이 느껴졌다.

"식사 준비가 되었습니다만, 나중에 다시 오는 편이 좋을까요? ……그게 아니면 견학하는 편이 좋을는지요?"

"견학이라고?"

"……네."

쿠로노가 저도 모르게 중얼거리자, 앨리사는 잠시 뜸을 두고 대답했다.

에라키스 후작의 인간 됨됨이를 잘 알 수 있는 대사였다.

"아니, 금방 갈게."

쿠로노는 소파에서 내려왔다.

"엘레나도 일어나."

"알고 있어."

엘레나는 일어났고, 곧바로 엉덩방아를 찧었다.

"괜찮아?"

"너 때문에 허릿심이 빠진 거야!"

엘레나는 새빨개진 얼굴로 소리쳤다.

※

일주일 뒤—— 쿠로노가 집무실에 들어가자 티리아는 짜증이 가득한 얼굴로 자리에 앉아 있었다.

"어째서냐, 어째서 붙잡을 수 없는 거냐."

"티리아, 조금 침착해."

"나는 침착하다."

티리아는 상당히 거친 어조로 말했다.

티리아가 심기가 불편한 이유는 그 도적 때문이었다. 요 일주일 동안 상인 그룹 셋이 피해를 봤는데도 수사는 눈에 보이는 성과가 나오지 않고 있었다.

사망자가 나오지 않은 것이 그나마 위안이지만, 다음에도 사망자가 나오지 않으리라고 기대하는 건 태만이었다.

티리아는 입을 꾹 다물고 시선을 힐끔힐끔 보냈다.

“쿠로노, 아이디어가 있나?”

“있어.”

“그러면 어째서 다물고 있는 거냐!”

티리아는 책상을 쾅 치며 일어섰다.

“티리아가 자기 부하하고만 이야기하고 나한테 상담해 주지 않았기 때문이야.”

“으윽, 그, 그건…… 네가 바빠 보였고, 금방 붙잡을 수 있을 줄 알았으니까…….”

티리아는 우물우물 변명했다.

“어, 어쨌든, 아이디어가 있다면 말해라!”

“나라면 도적의 거점을 찾겠어.”

“어떻게?”

“알고 있다고 생각하지만, 말을 돌보는 건 생각보다 쉽지 않아. 마구간은 물론이고 먹이와 깨끗한 물도 필요해.”

“잠깐, 그건 마을이 점거되었을 가능성이 있다는 말이냐?”

“설마. 마을 사람을 한 명도 놓치지 않고 마을을 점거하는 건 불가능해.”

"즉, 마을 사람과 협력 관계에 있다는 건가?"

"그렇다고 봐야지. 그렇다고는 해도 마을 사람은 관계가 없다는 걸 가장하기 위해서 도적을 마을에 들이려 하지 않을 거고, 도적도 자다가 당하고 싶지 않을 테니까 마을에 들어가려고 하진 않을 거야. 하지만 주민이 밀고하는 사태는 피하고 싶을 테니 감시할 수 있는 거리를 유지하겠지."

"조건에 맞는 장소가 그만큼 제한된다는 거로군?"

"그런 거야."

쿠로노는 고개를 끄덕였다.

"좋아! 도적의 거점을 알아내는 대로 치고 나간다!"

"도적의 거점은 이미 알고 있어."

"뭐라고?!"

"그러니까, 도적의 거점은 이미 발견했다고."

"그러면 곧장 준비해라!"

"이미 다 했어."

"어느새 그렇게나 유능한 녀석이 된 거지?"

"준비 기간이 있었으니까 말이야."

쿠로노는 어깨를 으쓱였다.

※

쿠로노를 비롯한 토벌대는 야음을 틈타 하셀을 출발했다. 토벌대는 350명—— 미노와 리저드가 이끄는 중장보병 100명, 레이라가 이끄는 궁수 50명, 티리아 휘하의 기병 50명, 중장보병 100명, 궁수 50명이었다.

작전의 성패는 얼마나 재빠르게 도적의 거점을 포위할 수 있는지에 달려 있기에 쿠로노는 짐마차로 이동하는 것을 선택했지만——.

"이렇게나 바람이 찬 줄 알았으면 방한 대책을 세웠을 텐데."

쿠로노는 짐칸에서 망토로 몸을 감싸며 중얼거렸다.

같은 짐마차에 탄 티리아, 레이라, 엘프 쌍둥이는 모포를 둘러쓰고 있었다.

"여름이라고는 해도, 밤이 되면 추워지는 법이군."

"……."

티리아가 모포를 쓰며 중얼거렸지만, 쿠로노는 무시했다.

"어째서 조용히 있는 거냐?"

"안 좋은 예감이 들어서."

"무슨 말을 하는 거냐, 너는."

티리아는 어이가 없다는 듯이 말하고는——.

"추우니까 망토를 이리 내라."

진지한 얼굴로 요구했다.

"싫어."

"그렇다면——"

"쿠로노 님, 괜찮으시다면 이쪽으로."

레이라가 티리아의 말을 가로막았다. 둘이서 모포를 뒤집어쓰는 건 부끄럽지만, 체면에 집착하고 있다가는 얼어 죽고 만다.

쿠로노는 레이라와 같이 모포를 뒤집어썼다. 팔에 가슴이 닿았다. 픽스 상회가 식량을 납품하기 시작한 이후, 레이라의 가슴과 엉덩이는 볼륨이 커지고 있었다.

쿠로노도 동침할 때는 어쩔 수 없다고 쳐도 공부를 가르칠 때도 무심코 눈이 가고 말아, 자제심을 유지하는 데 고생하고 있었다. 뭐, 그건 제쳐 두고――.

“레이라, 고마워.”

“아뇨, 당연한 일이니까요.”

“――크읔!”

레이라가 어딘가 자랑스럽게 말하고, 티리아는 신음을 흘렸다.

“자, 여기 있어.”

“너, 너 이 자식.”

티리아는 분한 듯이 중얼거리며 망토를 걸쳤다.

“……이 망토는 너덜너덜하지만 따뜻하군.”

“군사학교를 졸업했을 때 아버지에게서 받은 거야. 아버지가 현역 시절에 썼던 망토래. 일종의 부적 같은 것이려나.”

사실은 너덜너덜한 느낌이 멋있어서 받은 거지만, 이상한 녀석이라는 오해를 살까 싶어 무난한 이유를 입에 담았다. 그때, 레이라가 입을 열었다.

“쿠로노 님, 춥지 않으신가요?”

"아니, 따뜻해. 레이라는?"
"저도 춥지 않습니다."
""이쪽은 마음이 춥고.""
레이라가 살며시 입가에 미소를 띠면서 말하자, 엘프 쌍둥이가 투덜거리는 것처럼 말했다.
그러고 보니 대기소에서도 계속 이쪽을 보고 있었지, 하고 두 사람에게 시선을 향했다.
"쿠로노 님이 이쪽을 보고 있는 것 같은."
"마, 마침내 우리한테도 봄이 온 것 같은."
두 사람은 서로 얼굴을 마주 보고 헤벌쭉하게 미소를 지었다.
"둘은——"
"나는 아리데드!"
"나는 데네브!"
쿠로노의 말을 가로막고 두 사람은 기운 좋게 손을 들었다.
"우리는 솔로고!"
"언제든 불러 줬으면 하는 것 같은!"
"불러 달라니?"
"알고 있으면서 구태여 파고드는 스타일 같은."
"하지만 그런 티가 나는 거 싫어하지 않고."
범상치 않네, 하는 감상을 품었다.
"즉, 언제든 침대에 불러 줬으면 한다는 그런 이야기를 하는 것 같은."

"애인 후보에 이름을 올리고 있다고도 하고."

"어느 쪽이 어느 쪽인지."

쌍둥이라서 그런지 목소리까지 똑같았는데, 말투마저 똑같으니, 말을 하다 보면 어느 쪽이 이야기하고 있는지 알 수가 없었다.

"애인 후보인가. 즐거워 보이는 헛소리로군."

"우리는 지극히 진심인 것 같은."

"하지만 찌릿찌릿한 살기를 앞에 두고 물러나는 것도 어렵지 않은 것 같은."

티리아가 손가락을 뚝뚝 꺾으며 말하자, 두 사람은 선뜻 물러났다.

물러난 줄 알았는데——.

"대기소 앞에서 한 것처럼 만져주기를 바라는 것 같은!"

"우리도 국물 좀 얻어먹고 싶고!"

"쿠로노 님, 무시하셔도 돼요."

"그게 동기를 향해 할 대사야 같은!"

"그렇지만 입장이 반대라면 똑같은 말을 했을 거라는 자각은 있고!"

아리데드와 데네브는 몸을 내밀며 소리쳤다.

"뭐, 나는 상관없어."

"야호—! 쿠로노 님의 허가가 내려온 것 같은!"

"밑져야 본전으로 부탁해 보는 것도 중요할지도 모르는 것 같은!"

두 사람은 쿠로노 앞에 앉았다.

"그럼 아리데드부터."

"역시 여기서는 언니가 먼저 같은."

아리데드가 귀를 내밀었기에 쿠로노는 레이라에게 하는 것처럼 상냥하게 어루만졌다.

그러자 아리데드는 간지러운 듯이 웃었다.

"으헤헤, 감사합니다 같은."

"다음은 나고."

이번에는 데네브가 귀를 내밀었기에 똑같이 만져줬다.

"이, 이건 조금 감동할지도 같은."

아리데드와 달리 데네브는 눈동자가 촉촉해졌다.

문득 시선을 느껴 짐칸을 둘러보니 티리아가 이쪽을 보고 있었다.

"……티리아."

"뭐냐?"

티리아가 무릎으로 기어 가까이 다가왔기에 쿠로노는 귀를 쓰다듬었다. 그러자――.

"뭐, 뭘 하는 거냐, 너는!"

티리아는 쿠로노의 손을 뿌리치고 거리를 벌렸다. 창피한 건지 얼굴이 새빨갛다.

"이쪽을 보고 있었으니까 만져줬으면 하는 건가 싶어서."

"그럴 리가 없지 않나!"

티리아는 깊게 한숨을 내쉬었다.

"내가 보고 있던 건 그 하프 엘프가 가지고 있는 활이다."

티리아는 레이라 옆에 있는 활을 봤다.

활은 Σ(시그마) 형태로 휘어 있었는데, 그 양쪽 끝—— 림(limb)이라 불리는 부분에는 도르래가 달려 있었다.

"신기한 활이군. 도르래가 달린 활이라니, 처음 본다."

"합성궁을 복제했는데, 엘프의 근력으로는 제대로 다룰 수가 없다는 걸 알아서 말이지."

"그래서 도르래를 단 건가."

흠흠, 하고 티리아는 흥미진진한 듯이 쳐다봤다.

"사정거리나 위력에 관해 묻고 싶은 참이지만, 실제로 눈으로 보기로 하지."

"놀랄 거야, 분명."

"그런데, 이름은 정해진 건가?"

"기공궁(機工弓)이라 부르려 해."

"음, 나쁘지 않군."

티리아는 만족스러운 듯이 고개를 끄덕였다.

※

다음 날—— 동이 터 올 무렵에 쿠로노 일행은 목적지인 마을에 도착했다.

50호 정도의 가옥이 있는 시골티 나는 마을이었다.

마을 안쪽에는 수목으로 뒤덮인 구릉이 있고, 그 꼭대기에는 요새인 듯한 건물이 세워져 있었다.

쿠로노가 짐마차에서 내리자 다른 마차에 타고 있던 미노가 뛰어왔다.

에라키스 후작의 수집품—— 바람의 마술이 부여된 폴 액스를 짊어지고 있었다.

"대장, 어쩌시겠습까?"

"우선은 투항을 권고해 보고자 해."

"투항이라고?"

목소리에 놀라 뒤돌아보니 티리아가 짐마차에서 뛰어내리던 참이었다.

"쿠로노, 아무리 그래도 너무 저자세인 것 아니냐?"

"사망자를 내고 싶지 않으니까 말이야."

"……흠."

티리아는 궁리하는 것처럼 팔짱을 꼈다.

"뭔가 의견이 있어?"

"누가 투항을 권고하는 거지?"

"아마도 내가?"

"대장, 마을에서 정보 수집을 하고 나서 요새에 항복 권고를 해도 늦지 않다고 생각함다."

"그런가."

마을 사람이 순순히 알려 줄지는 알 수 없지만, 아무것도 모르고 교섭에 임하는 것보다는 낫다.
"미노 씨는 지휘를 부탁해."
"알겠습다. 도적이 나왔을 때의 대응은 어쩌시겠습까?"
"임기응변으로 대처!"
"알겠습다. 지휘는 제게 맡겨 주십쇼."
"잘 부탁해."
미노는 어쩔 수 없다고 말하는 것처럼 한숨을 내쉬었지만, 쿠로노가 지휘하는 것보다도 부하를 잘 움직여 줄 것이 틀림없다.
"대장, 호위는 제가 골라도 괜찮겠습까?"
"아아, 응. 문제없어."
"리저드, 아리데드, 데네브! 대장을 호위해라!"
""알겠다는 것 같은!""
미노가 목소리를 높이자, 아리데드와 데네브는 마차에서 뛰어내렸다.
하지만 리저드의 모습은 어디에도 없었다.
"리저드는?"
"조금 전부터 쿠로노 님 뒤에 서 있고."
"리자드맨은 은근히 민첩하고."
뒤돌아보니 거기에는 자이언트 해머를 짊어진 리저드가 서 있었다.
이미 뒤에 서 있을 줄은 생각지도 못했기에 깜짝 놀라고 말았다.
"대장, 정보 수집이라고 해도 습격해 올 가능성은 있습다. 습격당하면 싸우려 하지 말고 도망쳐 주십쇼."

"열심히 도망칠게."

"무슨 한심한 대화를 하는 거냐."

티리아가 관자놀이를 누르며 말했다.

"그럼 갔다 올게."

"좋아, 갈까."

쿠로노의 말에 티리아가 응했다.

"티리아는 여길 지켜."

"어째서지? 나는 너보다도 훨씬 도움이 될 텐데?"

티리아는 가슴을 펴고 말했다. 공주님이 직접 싸우러 나가겠다니, 야한 게임이라면 붙잡혀서 온갖 능욕을 당하는 게 정석이건만, 그렇게 될 거라고는 티끌만큼도 생각지 않는 모양이었다.

"알았어."

"대장, 괜찮겠습까?"

"시간이 아까우니까 말이야."

입씨름하고 있다가는 시간을 낭비하고 만다.

"그럼, 간다."

쿠로노가 선두에 서서 걷기 시작하자 티리아, 아리데드, 데네브, 리저드 네 사람도 걷기 시작했다. 아리데드와 데네브가 티리아 좌우를, 리저드가 뒤를 지켰다.

마을 중앙까지 나아가 멈춰 섰다. 이른 아침이라 그런지 마을 사람의 모습은 없었다.

어깨 너머로 티리아를 쳐다보고──.

“어쩌지?”

“너는 정말로 별수 없군.”

티리아는 진지한 얼굴로 대꾸했다.

“뭔가 계책이 있었던 것 아니냐?”

“나는 당연히 저쪽에서 움직임이 있을 줄 알았지.”

현실은 픽션처럼 잘 풀리지 않았다.

“쿠로노 님, 누군가가 가까이 다가오고.”

“죽일지 생포할지, 원하는 쪽을 선택하고.”

“생포해서 고문이군.”

아리데드와 데네브가 활을 겨누고, 티리아가 검 자루에 손을 댔다.

“대화를 나눈다는 선택지는 없는 거야?”

쿠로노가 앞을 보니 사람의 형체── 작은 몸집의 노인이 가까이 다가왔다.

“쿠로노 님이시지요? 이 마을에는 무슨 볼일이신지요?”

“도적을 토벌하러 왔습니다.”

“──!”

과감하게 말을 꺼내자, 노인은 숨을 삼켰다.

“이야기를 들려주실 수 없겠습니까?”

“저의 집으로 오시지요.”

노인이 걷기 시작했고, 쿠로노 일행은 그 뒤를 쫓았다.

"이쪽이 저의 집입니다."
안내받은 곳에 있던 건 기울어진 가옥이었다.
"아리데드, 리저드, 데네브는 여기서 대기, 티리아는——"
"알고 있다. 네 호위지."
"잘 부탁해."
"맡겨 둬라."
티리아는 가볍게 가슴을 두드렸다.
"아무것도 없는 곳입니다만, 들어와 주십시오."
노인의 재촉을 받아 집에 들어갔다. 아무것도 없다는 노인의 말 그대로, 집 안에는 변변찮은 의자와 테이블밖에 없었다.
쿠로노와 티리아가 의자에 앉자 노인은 느릿느릿 의자에 앉았다.
"……저 요새에 도적이 온 것은 한 달 전의 일입니다."
"한 달 저——"
"티리아, 이야기를 듣자."
"알았다."
티리아는 순순히 고개를 끄덕였다.
"케인 경과 그 부하 20명이 젊은 처자를 데리고 찾아왔지요."
"케인 경?"
"도적…… 두목입니다."
되풀이해서 중얼거리자, 노인은 쥐어짜 내는 듯한 목소리로 말했다.

아무래도 도적 두목이라고 부르기를 망설이는 듯했다.
“그 케인 씨는 어떤 사람입니까?”
“자유도시 국가군에서 용병 일을 하던 사람이라고 들었습니다. 노예 상인의 처사가 너무나도 지독하여 노예를 납치해서 와 버렸다고…….”
“그렇습니까.”
쿠로노는 엘레나를 떠올리며 맞장구를 쳤다.
“그래서…… 한동안 이곳에 있게 해주었으면 한다고.”
“그 부탁을 받아들인 겁니까?”
“처음에는 거절하려고 했습니다. 하지만, 처자들이 불쌍해서…….”
“그 노예는 어디에?”
“…….”
노인은 입을 다물었다. 그걸로 노예가 아직 이 마을에 있다는 것을 알았다.
어쩌면 옆 방에 있을지도 모른다.
“어째서 그때 신고하려 하지 않았던 겁니까?”
“……이곳은, 가난한 마을입니다.”
노인은 낮게 억누른 목소리로 말했다.
질문과 대답이 맞지 않는 듯한 느낌도 들지만, 그게 전부다.
이 마을의 사람들── 눈앞에 있는 노인은 가난 때문에 아이를 판 적이 있는 것이리라.

그래서 처자들을 감싸는 것을 선택한 것이다.

"그리고 케인 경과 그 부하들은 마을 처자에게 손을 대거나 물건을 빼앗지 않았습니다. 그러기는커녕 돈을 내서 식량을 사 주셨지요."

하지만, 하고 노인은 뒷말을 이었다.

"일주일 정도 전에……."

"다른 도적단과 합류했다, 이거군요?"

"예, 그 이후로 상인들을 습격하기 시작한 게 아닐까 싶습니다."

"싶다? 추측인 겁니까?"

"케인 경은…… 아무 말씀도 해주시지 않습니다. 아마도 저희가 말려들지 않도록 배려해 주시고 있는 게 아닐까 합니다."

지나치게 호의적인 해석이 아닐까 생각했지만, 그건 그만큼 케인이라는 남자를 신뢰하고 있다는 의미기도 했다.

노인은 의자에서 일어나더니 납죽 엎드렸다.

"송구하오나 말씀드립니다! 이번에 저희가 범한 잘못은 전부 촌장인 저의 책임입니다! 모쪼록 다른 사람들에게 누가 미치지 않도록 자비를…… 그리고 염치없는 말이라고는 생각합니다만, 케인 경과 그 부하분들에게 죄를 뉘우칠 기회를 주십시오!"

어쩌지? 하고 쿠로노는 티리아를 바라봤다.

하지만 티리아는 입을 다물고 있다. 스스로 생각하라는 것일까.

"……알겠습니다."

"정말이십니까?"

노인── 촌장은 고개를 들었다.

"우리도 무자비한 악마는 아닙니다. 상대가 항복 권고에 따라준다면 죄를 뉘우칠 기회를 줄 수도 있겠지요. 도주할 가능성이 있기에 기슭에 진을 치게 되겠습니다만……."

"그건 쿠로노 님의 입장이라면 당연한 조치이지요."

당연하다고 말하면서도 촌장의 목소리는 고뇌로 가득 차 있었다.

"나머지는 상대가 순순히 우리의 말을 들어줄지 어떨지……."

"그러시다면 제가 케인 경에게 이야기하겠습니다."

"위험하지 않겠습니까?"

"케인 경한테 죽는다면 사람을 보는 눈이 없었던 제 잘못이니까요."

그만큼 케인을 신뢰하고 있다는 것인가.

"촌장의 각오는 알았습니다. 그러면 잘 부탁드립니다."

"옙, 반드시 케인 경에게 전하겠습니다."

가자, 하고 쿠로노는 티리아에게 눈짓하고 자리에서 일어났다.

촌장의 집을 나와 미노와 부하들이 있는 곳으로 향했다.

"그들이 항복 권고에 따르겠나?"

"케인이라는 사람이 촌장이 말한 대로의 인물이라면 따르겠지. 만약 거절한대도 기슭에서 아사하기를 기다리면 될 뿐이고."

"적이 굶어 죽기를 기다릴 뿐인 간단한 일인가."

티리아는 농담조로 말했다.

"그 전에 일을 좀 해야 하지만 말이야."

"뭐, 상대도 항복하기 전에 조건을 확인하고 싶을 테니까 말이다."

티리아는 나 원 참, 하고 말하려는 것만 같이 한숨을 내쉬었다.

※

쿠로노는 구릉 기슭에 있는 길을 막듯이 포진했다.

전위는 미노와 리저드가 이끄는 중장보병, 후위는 레이라가 이끄는 궁수였다.

티리아의 부하는 도적한테 돌파당했을 때를 대비하여 후방에서 대기하고 있었다.

한 곳에 병력을 집중하는 모양이 되었지만, 요새와 기슭을 잇는 길은 하나뿐이니 문제없었다.

"늦네, 촌장."

쿠로노는 맨 앞줄에서 작게 중얼거렸다.

촌장이 마을을 나가고 나서 수 시간이 지났지만, 아직도 돌아오지 않았다.

"대장, 후방에 천막을 쳤으니 그쪽에서 쉬시는 게 어떻습니까?"

"조금 더 기다려 보겠어."

잠시 지나자 촌장이 언덕을 내려왔다.

"오래 기다리시게 하여 죄송합니다."

촌장은 그렇게 말하고는 쿠로노의 발치에 무릎을 꿇었다.
"아니, 무사해서 다행이야. 그래서, 결과는?"
"…………케인 경은 항복하기 전에 이야기를 나누고 싶다고 했습니다."
긴 침묵 끝에 촌장은 쥐어짜 내듯이 말했다.
예상대로의 전개다.
"대화 장소는?"
"대화는 요새 안에서, 호위는 두 명까지라고."
"대장, 응할 필요는 없슴다."
미노가 불쾌한 듯이 말했다.
"이쪽이 진심인지 시험하고 있는 건가."
"어쩌실 생각이심까?"
미노가 몸을 굽혀 귀엣말했다.
"그야 물론, 이쪽의 진심을 보여줘야지."
"……대장."
미노는 질렸다는 듯이 한숨을 내쉬었다.
"쿠로노 님, 저를 데리고 가 주세요!"
어느새 와 있었는지, 레이라가 목소리를 높였다.
"레이라, 너무 위험해."
"군에 입대했을 때부터 각오는 되어 있습니다."
쿠로노는 얼굴을 찌푸렸다. 이게 함정이었을 경우, 셋이서 요새에 갇히고 만다.

남자인 쿠로노는 죽는 게 끝이겠지만, 여자인 레이라는――.

"쿠로노 님이 무엇을 걱정하고 계시는지는 알고 있습니다."

레이라는 그렇게 말하고는 단검을 뽑아 칼날을 목덜미에 가져다 댔다.

"그때는 스스로 목숨을 끊겠습니다. 상대가 용병이라면 하프엘프를 생포하려고는 하지 않을 것 같지만요……."

"마술을 쓸 수 있는 상대를 생포하려는 건 신참 병사이거나, 바보이거나, 어지간히 실력에 자신이 있는 녀석뿐임다."

마술은 목소리만 낼 수 있으면 쓸 수 있다. 그런 상대를 생포하려는 건 아무것도 모르는 바보이거나, 마술을 써도 대응할 수 있는 실력자뿐이리라.

"레이라, 단검을 집어넣어."

"……네."

레이라는 마지못해 단검을 칼집에 넣었다.

"레이라, 미노 씨. 따라와."

"예입, 알겠슴다."

"분부대로."

쿠로노는 두 사람을 데리고 언덕길을 올랐다. 그 도중에 시선을 이리저리 돌려 주위의 낌새를 확인했다.

기슭에서 볼 때는 몰랐지만, 길 폭이 제법 넓었다.

말 두 마리가 나란히 나아갈 수 있을 정도는 될까.

경사가 상당히 가팔라서, 위쪽에서 한달음에 돌진하면 돌파당

할지도 모른다는 생각이 들었다.

만약 싸우게 된다면—— 그런 생각을 하는 사이에 언덕을 다 오르고 말았다.

"……제법 본격적인 요새네."

쿠로노는 성문을 올려다보며 중얼거렸다.

성벽은 이끼가 껴 있고 문은 부식이 눈에 띄었지만, 함락시키려면 상당한 피해를 각오해야 했다.

"어떻게 하면 좋지?"

"기다리고 있으면 누군가가 열어 줄 검다."

쿠로노는 어찌할 바를 몰랐지만, 미노는 태평해 보였다.

긴장을 풀려고 일부러 가벼운 어조로 말한 것이리라.

잠시 후 문이 삐걱거리며 열렸다. 문을 연 것은 가죽 갑옷을 입은 남자였다.

"……들어와라."

남자의 재촉을 받고 쿠로노 일행은 성벽 안으로 발을 들였다.

시선만을 움직여 내부의 낌새를 확인했다.

성벽 안쪽은 상당히 넓고 중앙에는 석조 건물이 세워져 있었다.

한쪽 구석 마구간에서는 몇 명의 남자가 말을 돌보고 있었다.

말의 수는 50마리 정도일까. 30명 정도의 도적단이라고 생각하고 있었다만——.

"여어, 약속대로 세 명으로 왔군!"

마치 친구를 대하는 듯한 목소리가 울렸다. 목소리가 난 쪽을 보니 남자가 이쪽에 다가왔다.

키는 쿠로노보다 머리 하나 큰 정도인가. 체격은 근육질에 피부는 햇볕에 그을려 있었다.

아무렇게나 기른 수염과 경박해 보이는 미소가 없다면 미남이라 부를만한 얼굴이었다.

아마도 이 남자가 케인이리라.

"……대장."

"물러나 주세요."

미노와 레이라가 쿠로노를 감싸고 앞으로 나왔다.

"경계하지 않아도 아무 짓도 안 해. 봐, 무기를 안 들고 있잖아?"

남자는 손을 들고 천천히 그 자리에서 한 번 돌았다.

"내가 도적단의 리더, 케인이다."

"저는 에라키스 후작령 영주 쿠로노입니다."

오? 하고 케인은 살짝 놀랐다.

"에라키스 후작은 살이 쪘다고 들었는데?"

"그건 전임자입니다."

"그럼 그의 아들이라는 건가?"

"아뇨, 피 한 방울 안 섞인 타인입니다. 횡령죄로 연행되었기에 신성 아르고 왕국군을 격퇴한 제가 뒤를 잇게 된 겁니다."

호오, 하고 케인은 감탄한 듯한 목소리를 냈다.

"하~ 신성 아르고 왕국군이 격퇴당했다는 이야기는 들었는데, 그걸 격퇴한 사람이 이토록 젊을 줄이야."

케인은 쓴웃음을 짓고는 엄지로 등 뒤를 가리켰다.
“할 이야기가 있는 거지? 안으로 들어오도록 해.”
“……대장.”
“……쿠로노 님.”
미노와 레이라가 물었다.
“가자.”
쿠로노가 걷기 시작하자 두 사람은 그 뒤를 따랐다.
케인의 선도를 받으며 요새에 발을 들여놓자, 칸막이가 없는 넓은 공간이 나왔다.
중앙에는 커다란 테이블과 의자가 있고, 벽 쪽에는 침대가 몇 개나 늘어서 있었다.
도적들은 침대에 앉거나, 벽에 기대어 서 있었다.
“──────!”
쿠로노는 도적 중에서 익히 아는 얼굴── 리크를 발견하고는 작게 숨을 삼켰다.
군복이 아니라 후줄근한 반소매 상의와 바지를 입고 있었다.
어지간히 가혹한 생활이었는지, 뺨이 완전히 수척해져 있었다.
그런데도 눈은 형형하게 빛나고 있다. 케인보다도 훨씬 도적다웠다.
“아무 데나 앉아 줘.”
“알겠습니다.”
쿠로노가 가까운 의자에 앉자 케인은 일부러 테이블을 빙 돌아

맞은편에 앉았다.

미노와 레이라는 쿠로노를 지키는 것처럼 좌우에 섰다.

"그래서, 촌장의 말로는 항복 권고라는 이야기던데……."

"그쪽이 항복해 준다면 죄를 씻을 기회를 주고자 합니다."

"항복하라고?"

"나쁜 건 노예 상인이야!"

"우리는 올바른 일을 한 것뿐이다!"

"너희들, 조용히 해라."

도적들은 아우성쳤지만, 케인이 한 손을 들자 조용해졌다.

"목숨으로 씻으라는 말은 아니겠지?"

"다행히 사망자는 나오지 않았기에 그 정도로 무겁게 죄를 묻지는 않을 겁니다. 적어도 사형은 나오지 않겠지요."

"고마운 제안이지만, 예 그렇습니까, 하고 받아들일 수는 없는 노릇이야."

"조건을 제시할 수 있는 처지라고 생각하는 거냐!"

미노가 앞으로 나와 테이블을 내리쳤다.

"기분을 해쳤다면 사과하지. 부하들은 한 번 싸워보지 않으면 모른다고 말하지만, 나는 너희들을 이길 수 있다고는 생각하지 않아."

케인이 시선을 향하자 도적들은 목을 움츠렸다.

"하지만 조건을 받아들여 줄 수 없다면 싸울 수밖에 없어."

"조건 나름이군요."

"그야 그렇겠지!"

케인은 허벅지를 탁 쳤다.

"조건은 내가 납치한 노예들을 네 이름으로 보호해 주는 거다."

"보호는……."

"그게 어렵다면 네가 사들여서 자유로운 신분이 될 수 있도록 도모해 주면 돼."

"그거라면 가능합니다."

"그러면 안심이군."

케인은 휴, 하고 숨을 내쉬었다.

"나머지는——"

"아직도 뭘 더 요구할 생각이냐?!"

케인의 말을 가로막고 미노가 소리쳤다.

"아아, 아니, 이게 마지막 하나야."

케인은 겸연쩍은 듯이 머리를 긁적였다.

"내일까지 기다려 주었으면 한다."

"그런 요구가——"

"미노 씨, 마지막까지 이야기를 듣자고."

"알겠습니다."

미노는 마지못한 느낌으로 고개를 끄덕였다.

"내일 이 시간에 괜찮겠습니까?"

"아아, 그걸로 충분해. 내 뜻은 결정되어 있지만, 동료를 설득해야만 하니까 말이지. 내일이 되면 끝이다."

케인은 만족스러운 듯이 미소 지었다.

"내일, 마중하러 오겠습니다."

"수고를 끼쳐서 미안하군."

쿠로노는 말없이 일어나서 미노와 레이라를 데리고 요새를 나왔다.

잠시 후――.

"쿠로노!"

뒤돌아보니 리크가 다가오고 있었다.

"가까이 오지 마라!"

"――――!"

미노가 외치자 리크는 놀란 듯한 표정을 띠고 걸음을 멈췄다.

"미노 씨, 괜찮아."

쿠로노는 검 자루에 손을 댄 채 걸어 나갔다.

"리크, 무슨 용건이지?"

"네가 신성 아르고 왕국을 물리쳤다면서?"

"나 혼자만의 힘이 아니야. 부하들이 필사적으로 싸워 줬으니까 물리칠 수 있었던 거지. 그러는 너는 왜 여기 있어?"

"에라키스 후작이 도망쳤을 때 깨달았어. 이제 이 귀족한테는 나라를 지킬 힘 같은 건 없다는 사실을."

자기가 한 짓은 덮어 놓고서 잘도 말한다.

"너도 깨달았잖아? 이 나라는 이제 글렀어. 그러니까 새롭게 다시 만들어야만 해. 노력한 사람이 보답받는 나라로."

"그래서? 이게 그걸 위한 자금 벌이라고?"
"지금은 작은 도적단이지만, 네가 협력해 준다면…… 아아, 아니, 너는 에라키스 후작령을 맡고 있었지. 하지만 생각해 봐주지 않겠어?"
"생각하는 것만이라면."
성문 밖으로 나오자 레이라가 귀엣말했다.
"지금 이야기를 받아들이실 생각인가요?"
"설마. 앞날도 모를 일에 목숨을 거는 취미는 없어. 레이라는 어떻게 생각했지?"
"쿠로노 님이 이세계에서 왔다는 이야기가 그나마 믿을 수 있습니다."
아무래도 레이라는 아직도 쿠로노의 이야기를 믿고 있지 않았던 모양이다. 쿠로노는 작게 한숨을 내쉬었다.

※

다음 날── 쿠로노는 약속 시각에 혼자서 요새로 향했다.
토벌대 포진은 어제와 다름이 없지만, 비상시의 대처 방법은 정해 뒀다.
"여어, 기다리고 있었다."
언덕을 다 오르자, 케인이 성문 앞에 서 있었다.
아무렇게나 났던 수염을 깎고 청결감이 있는 차림을 하고 있었다.

성문은 항복 의사를 나타내는 것처럼 활짝 열려 있고, 그 너머에는 도적들이 대기하고 있었다.

그리고 한층 더 안쪽에는 리크와 그 부하들이 가죽 갑옷을 입고 말에 타고 있었다.

"말에 타고 있는 녀석들은 걱정하지 말아 줘. 네가 약속을 깼을 때를 대비하고 있는 거야."

"과연. 제가 약속을 깨면——"

"내 머리로 만족하지 않는다고 하면 싸울 생각인 모양이야."

케인은 그렇게 말하고는 웃었다. 쿠로노는 표정 변화도 없이 듣고 넘겼다.

"놀라지 않는군?"

"'내가 납치해 온 노예'라고 말했었으니 말이죠."

쿠로노는 쓴웃음을 지었다.

"그래, 이번 건은 전부 내 책임이야. 내 머리를 줄 테니 부하의 죄를 가볍게 해줘. 그리고, 염치없는 부탁이지만 리크와 그 부하들이 죽지 않도록 손을 써줄 수는 없을까?"

"리크를?"

자기도 모르게 되물었다. 촌장의 말이 사실이라면 리크의 부대와 같이 지낸 건 고작 일주일 정도다.

어차피 자신이 죽을 목숨이라 생각하고 있다 쳐도, 사람이 지나치게 좋았다.

"어째서 그렇게까지?"
"고작 일주일 정도라고는 해도, 한솥밥을 먹은 사이야. 게다가 동료라고 말해 버렸으니까 말이지."
케인이 멋쩍은 듯이 웃은 다음 순간, 그의 화살이 어깨에 꽂혔다.
리크가 말 위에서 활을 쏜 것이다.
"아니?! 두목을, 케인 대장을 지켜라!"
"너희들, 우릴 배신하는 거냐?!"
"젠장! 말에서 내려!"
"역시 탈주병 따위를 믿는 게 아니었다고!"
케인의 부하는 제각기 소리치며, 리크와 그 부하들을 저지하려고 가로막았다.
"그만둬라, 도망쳐!"
"쏴라!"
케인이 외침이 무색하게, 리크와 그 부하들이 일제히 활을 쐈다. 케인의 부하가 짧은 비명을 질렀다.
어떤 자는 그 자리에 쓰러졌고, 어떤 자는 문 뒤에 숨어 피했다.
"돌격하라!"
리크가 외치고, 10기의 기병이 달리기 시작했다.
선두는 리크였다. 검을 힘차게 뽑아 들고 쿠로노에게 닥쳐왔다.
"죽어라, 쿠로노!"
"빌어먹을!"

케인은 쿠로노에게 몸을 부딪쳐 그대로 수풀 속으로 뛰어들었다.

※

"쿠로노 님!"

쿠로노와 케인이 언덕에서 굴러떨어지자, 레이라가 비명을 질렀다.

"레이라, 진정해. 대장은 무사하다!"

"하지만!"

"레이라!"

"……알겠습니다."

미노가 날카롭게 소리치자, 레이라는 고개를 끄덕였다. 피가 배어 나올 정도로 입술을 꽉 깨물고 있었다.

곧바로 달려가고 싶겠지만, 그건 쿠로노의 뜻에 거역하는 일이었다. 쿠로노의 뜻에는 따라야만 했다. 그것이 충성인지, 거역하면 버림받을지도 모른다는 공포인지는 알 수 없었지만, 레이라는 끝까지 자제심을 지켜냈다.

그 레이라를 이렇게 바꿀 줄이야, 하고 미노는 입꼬리를 올려 미소를 띠었다.

그렇지만 웃고 있을 수만은 없다.

적 기병은 흙먼지를 일으키며 언덕을 달려 내려오고 있었다.

"자식들아, 방패를 거머쥐어라!"

미노가 소리 높여 외치자, 부하들은 일제히 방패를 거머쥐고 자세를 취했다.

"레이라, 진정은 됐냐?"

"……네."

레이라는 방패 앞── 맨 앞줄에 서서 살짝 몸을 굽혔다.

레이라의 얼굴은 사냥감을 노리는 고양이 같았다.

"염무(焰舞)!"

기병들이 언덕을 달려 내려오자 레이라가 외치면서 팔을 크게 휘둘렀다.

팔의 궤적을 훑는 것처럼 홍련의 불꽃이 생겨나 선두를 달리던 기병 두 기에 밀어닥쳤다.

폭음이 울리고, 말이 앞다리를 들고 일어섰다.

염무── 선명한 불꽃을 흩뿌리며 폭음을 울리는 게 고작인 마술로, 살상력은 없는 거나 마찬가지라, 맞아도 가벼운 화상을 입고 한동안 소리가 흐릿하게 들리는 정도의 위력밖에 없었다.

하지만 이번만큼은 아주 효과적이었다.

불꽃과 소리, 고통으로 인해 말이 패닉에 빠졌다.

"……칫."

미노는 혀를 찼다. 이걸로 쓰러졌다면 좋았겠지만, 썩어도 전직 기사라는 건지, 말에 매달려 낙마를 면하고 있었다.

"밀어 넘어뜨려라!"

"우오오오오오오오오!"

미노의 명령에 따라 부하들이 방패를 거머쥔 채 돌진했다.

뒷다리로만 서 있던 말은 방패에 밀려 기수를 태운 채 넘어졌다.

말 두 마리를 넘어뜨린 것뿐이었지만, 그걸로 충분했다.

이걸로 나머지 기병은 꼼짝달싹 못 할 테니까.

"길을 열어라!"

부하들이 좌우로 나누어지고, 미노는 폴 액스를 짊어진 채 그 사이를 질주했다.

아니, '질주했다'는 건 너무 멋진 표현이었다. 쿵쾅쿵쾅 뛰어나갔다.

미노는 꼼짝 못 하는 기병들 앞에 섰다.

"리저드!"

"……알았다."

리저드는 방패를 던져 버리고 미노 옆으로 이동했다.

"바람이여!"

"……번개."

폴 액스와 자이언트 해머가 녹색 빛을 내뿜었다.

폴 액스에서 내뿜어진 충격파와 자이언트 해머에서 내뿜어진 자전이 기병들을 때려눕혔다.

"젠장! 아인이 마술을 쓸 수 있다니!"

"퇴각, 퇴각이다! 일단 물러나라!"

살아남은 기병이 언덕길을 달려 올라가고——.

"너희들이 그렇게 나오리라는 건 꿰뚫어 보고 있었다 같은!"

"그 목숨, 받아 가겠다 같은!"

아리데드와 데네브, 거기다 수풀에 숨어 있던 궁수가 일어나 일제히 활을 쐈다.

※

"……죽는 줄 알았습니다."

"아아, 미안."

쿠로노는 케인을 부축하며 언덕길을 내려왔다. 케인은 어깨에 화살을 맞고, 등을 베이기는 했지만, 목숨에 지장은 없었다. 케인의 부하도 마찬가지였다.

"너의…… 쿠로노 경의 부하가 마중하러 왔군."

쿠로노가 고개를 들자 레이라가 언덕길을 달려 올라오고 있었다.

"쿠로노 님!"

"오, 레이라."

"쿠로노 님, 걱정했습니다."

레이라는 눈시울을 적시며 말했다.

"상황은?"

"예, 도망치려 했던 아홉 기의 기병을 처리했습니다."

레이라는 등을 쭉 펴고 말했다.

"나머지는?"
"도주병 리크에게 투항을 권고하고 있는 참입니다."
"……그래."
쿠로노는 한숨을 내쉬고는 언덕을 내려갔다. 그러자 리크가 미노타우로스나 리자드맨에게 둘러싸여 있었다. 케인을 부축한 채 포위망에 가까이 다가갔다.
"쿠로노! 일대일 대결이다! 나와 승부를 겨루자! 내가 이기면 날 그냥 보내라!"
리크는 이쪽을 알아차리자 아우성쳤다.
"……리저드."
"……."
리저드는 혀를 날름거리며 쿠로노 쪽으로 다가왔다.
"케인 경을 잘 부탁할게."
"일대일 대결에 응할 생각인가?"
"리저드, 부탁할게."
쿠로노는 리저드에게 케인을 맡기고 포위망에 다가갔다. 포위망이 갈라지고 리크가 검을 뽑았다.
어지간히 검 실력에 자신이 있는 것인지, 그게 아니면 비장의 수가 있는 것인지 미소를 띠고 있었다.
"결투 전에 묻고 싶은 게 있는데, 어제의 그건 본심이었어?"
"그럴 리가 없잖냐. 내가 깨달은 건 잘난체하는 상급 귀족은 착취할 뿐이고 백성은 생각도 안 하고 있다는 것뿐이다. 그런 녀석들을 위해 죽는 건 사절이야. 도망친들 뭐가 나쁘다는 거냐."
"……그래."
처음부터 기대하고 있지 않았지만, 역시 나라를 다시 세우려는 뜻은 없는 모양이었다.
"훔친 돈을 가지고 어디까지 도망칠 생각이었지?"
"자유도시 국가군이다. 돈만 있으면 그곳에서 사치스럽게 살 수 있어. 다른 녀석들도 같은 생각이었다고!"
"그러면 도적질하지 말고 얼른 도망쳤어야지."
"시끄러워! 살아가기 위해서는 돈이 필요하단 말이다!"
"……그렇군."
쿠로노는 한숨을 내쉬고 검을 뽑았다.
"헤헤헤, 약속 잊지 말라고."
"궁수, 쏴 죽여."
"쿠로노! 약속이 다르잖냐!"
쿠로노의 명령에 따라 궁수가 일제히 활을 쐈다.
리크는 전신이 화살에 꿰뚫려 그 자리에 풀썩 쓰러졌다.
하지만 아직 숨이 붙어 있는 듯 증오로 흐려진 눈으로 쿠로노를 노려봤다.
"어째서, 나와 너의 무엇이 다르다는 거지? 어째서, 네가, 너 따위가, 너 같은 게 영주가 되고, 내가, 이런 꼴이……."
"나는 도망치지 않았어."
쿠로노는 오른쪽 눈에 난 상처를 만졌다.

"제, 젠장, 그런 거, 도망치는 게 당연, 하잖냐. 그 돼지 자식도, 도망쳤는데, 요령 좋게 살려고…… 빌어먹을!"

그것이 리크의 최후였다. 쿠로노는 하늘을 올려다보고 한숨을 내쉬었다.

"……시답잖은 최후네."

뒤돌아보니 케인이 리저드에게서 떨어진 참이었다.

몸을 질질 끌다시피 하며 리크의 시체에 가까이 다가가 그 옆에 무릎을 꿇었다.

"내가 책임을 지겠다고, 너희들한테도 안 좋은 일이 없도록 하겠다고 했잖냐."

케인은 리크의 눈을 감겨 주고 그 자리에 주저앉았다.

"이런 일이 있고 난 뒤에 너무 뻔뻔한 소리일지도 모르지만, 내가 모든 책임을 지겠다. 그러니까, 부하의 목숨만은 살려다오."

"참으로 제멋대로 떠드는구나."

티리아였다. 후위 지휘를 맡기고 있었지만, 더는 지휘할 필요가 없다고 판단했는지 여기까지 나와 있었다.

"제멋대로인 건 내가 제일 잘 알고 있다. 불쌍한 녀석들이야. 집도, 가족도 잃거나 빼앗겨서…… 아무것도 없다고."

"케인 경은 어째서 용병이 됐습니까?"

"나는 상관없잖냐."

"……."

쿠로노는 말없이 케인을 쳐다봤다. 잠시 후 케인은 체념한 듯이 입을 열었다.

"……흔히 있는 이야기야. 흉작으로 세금을 낼 수 없게 됐을 때, 아버지와 어머니가 영주에게 세금을 줄여주었으면 한다고 부탁하러 갔어."

"그건 에라키스 후작령에서 있던 이야기입니까?"

케인은 고개를 가로저었다.

"아버지와 어머니는 살해당했지. 세금을 줄여줬으면 한다고 부탁할 새도 없이, 창에 찔려 죽었다는 것 같아. 나와 여동생은 마을에서 도망쳤지."

"그 여동생분은?"

"죽었어. 그 뒤에 나는 이 나라의 경비단에 맡겨져 신세를 지다가…… 비슷한 처지의 녀석들을 모아 자유도시 국가군에서 내 용병단을 세웠지."

용병은 케페우스 제국에선 범죄자 예비군으로 취급되고 있지만, 자유도시 국가군에서는 직업으로 인정받고 있다.

적어도 자유도시 국가군에서는 성실하게 일하고 있었던 모양이다.

"어째서 노예를 납치한 겁니까?"

"……노예 중에 어린애가 있어서 말이야. 사적인 감정은 버려야만 한다고 생각했어. 실제로 지금까지 그렇게 일해 왔고. 근데 그 빌어먹을 노예 상인이 아이를 상대로 폭력을 행사하는 모습을 보자 내 여동생이 떠오르더군."

케인은 머리카락을 쥐어뜯었다.

"저 녀석들은 그런 나를 책망하지 않았어. 그러니까 나는 저 녀석들을 위해 목숨을 걸어야만 하는 거야. 알아, 제멋대로인 소리지. 그렇다고 하더라도, 저 녀석들만은 용서해 줘."

케인은 고개를 숙였다. 쿠로노는 검대에서 칼집을 뽑아 검을 집어넣었다.

"케인 경, 아니, 케인. 고개를 들어."

"무슨—— 엇?!"

케인이 고개를 든 것과 동시에 쿠로노는 검을 던졌다.

케인은 당황해 검을 받아냈다.

"이게 무슨 뜻이지?"

"죽을 생각이라면 내 밑으로 와. 마침 기마술이 가능한 사람을 찾고 있었으니까. 뒷세계 일에 정통한 사람과 상담하고 싶은 것도 있었고."

"……나는 추잡한 도적이다."

"이미 내 부하야. 검을 받았잖아?"

"이건—!"

케인은 검 자루에 새겨진 황실 문양과 쿠로노를 번갈아 쳐다봤다.

"그래. 그건 초대 에라키스 후작이 황제 폐하로부터 하사받은 물건이야."

"쿠로노…… 평범한 귀족이라면 보물로 간직했을 물건이다. 알고 있는 건가?"

어느샌가 다가온 티리아가 딴지를 걸어, 쿠로노는 어깨를 으쓱였다.

케인은 보물로 취급받는 물건을 건넨 의미를 이해하지 못할 정도로 바보는 아니리라.

"지금 당장 대답을 들려주지 않겠어?"

긴 침묵 후에, 케인은 고개를 끄덕였다.

※

쿠로노는 후작 저택의 자신의 방에 틀어박혀 잔을 기울이고 있었다.

테이블 위에는 와인 병이 있지만, 내용물은 거의 줄지 않았다.

"……지쳤군."

"조금 실례할게."

쿠로노가 작게 중얼거리자 여주인이 방에 들어왔다.

"……안주인."

"이런 미인을 눈앞에 두고 그런 얼굴 하는 거 아니야."

여주인은 부루퉁해진 듯이 말하고는 쿠로노 맞은편 자리에 앉았다.

"어라, 비싼 술인데 전혀 손을 대지 않았네."

"앨리사가 신경을 써서 준비해 줬는데, 영 넘어가질 않네."

신경을 써 주었는데 미안하지만, 술을 마실 기분은 들지 않았다.
쿠로노는 원래부터 술이 센 편도 아니었고, 술을 마시고 기분을 달래는 타입도 아니었다.
"그럼 내가 마셔도 괜찮지?"
"그래."
여주인은 쿠로노가 내민 잔을 받아들고, 벌컥벌컥 와인을 마셨다.
"푸하—! 역시 비싼 와인은 다르네."
여주인은 아저씨 같은 숨을 내뱉고는 다시 빈 잔에 와인을 따랐다.
그리고는 잔을 들어 천천히 마시더니, 또다시 빈 잔에 와인을 따랐다.
"역시 전 동료를 죽인 걸 마음에 두고 있는 거야? 마음은 이해 못 하는 것도 아니지만, 그건 네가 마음에 둘 일이 아니라고 생각하는데."
"딱히 마음에 두고 있는 건 아니야."
"그래? 나한테는 끙끙 앓고 있는 것처럼 보이는데."
"그럼 적어도 리크 때문은 아니란 거겠지."
빠른 페이스로 와인을 마시는 여주인을 곁눈질로 보면서 중얼거렸다.
자신도 박정하다고 생각하지만, 리크와 그 부하들의 죽음을 슬퍼하는 마음은 솟아나지 않았다.

알고 지낸 기간이 짧았던 것도 있지만, 죽음을 슬퍼하기에는 리크는 너무 제멋대로였다.

"그러면 뭘 마음에 두고 있는 거야? 도적을 퇴치했고, 새로운 부하도 생겼고, 만만세잖아."

"글쎄? 어째서일까?"

쿠로노는 고개를 갸웃했다. 여주인의 말대로 리크와 부하들—— 항복 의사를 표시하지 않았던 도적을 토벌하고 케인과 그 부하들을 기병으로서 맞아들일 수 있었다.

문제는 없을 터인데도 개운치 않은 기분이 들었다.

"쿠로노 님이 모르는데 내가 알 리가 없잖아."

"그렇겠지."

테이블 위에 있는 병을 보니, 와인은 이미 반도 남아 있지 않았다.

"뭐, 자신의 마음을 알 수 없을 때도 있으니까 말이야."

"안주인도 그런 경험이 있어?"

"그야 뭐……."

여주인은 쓸쓸해 보이는 미소를 띠었다.

어쩌면 죽은 남편과 관계가 있는 것일지도 모른다.

"아마 쿠로노 님도 전 동료를 죽인 것을 마음에 두고 있는 걸 거야."

"그런가……."

"그래, 감정에 매듭이 지어지지 않은 거지."

"그럴지도 모르겠어."

리크와 그 부하들의 죽음이 슬프지는 않았지만, 사람을 죽였다는 사실에는 변함이 없었다.

잘 떠올려 보면 첫 전투 때는 사람을 죽일 수 있을 것인지를 신경 쓰고 있었다.

분명 현대에서 쌓아 온 가치관이 이 세계와 서로 맞물리지 않고 있는 것이리라.

"좀 더 요령 좋게 살면 좋을 텐데."

"이대로도 괜찮아."

그 말은 선뜻 입에서 나왔다.

"건방지게 오기나 부리고, 귀엽네~."

"안주인, 취했어?"

"아직 안 취했어."

여주인은 부정했지만, 뺨이 살짝 상기되어 있다. 와인은——이미 비었다.

"그러고 보니 안주인은 뭘 하러 온 거야?"

"신경이 쓰여서 낌새를 보러 온 거야. 침울해져 있다면 위로해 주려고 생각해서 말이지."

여주인은 테이블에 팔꿈치를 대고 몸을 앞으로 숙였다.

풍만하게 여문 과실이 테이블 위에서 형태를 바꾸었다.

"어쩔 거야?"

"역시 취했지?"

"글쎄, 어떠려나?"
여주인은 도발적인 미소를 띠었다.
그리고 쿠로노는――.

※

"잠깐 기다려 줘……."
"왜?"
쿠로노가 움직임을 멈추고 여주인을 내려다봤다. 여주인은 침대에 누워 나체를 아낌없이 드러내고 있다. 아니, 가릴 여유가 없었다.
"무슨 문제라도?"
"조금 쉬게 해줘. 이런 말을 하고 싶지는 않지만, 나는 나이를 많이 먹었단 말이야. 젊은…… 군인한테 어울려 줄 체력은 이제 없어."
군인이라고 바꿔 말한 부분에서 여주인의 자존심이 느껴졌다.
"……어딜 보고 있는 거야?"
"가슴."
"너무 뚫어지게 보지 말라고."
쿠로노가 짧게 대답하자 여주인은 양팔로 가슴을 가렸다.
"……그렇게 노골적으로 아쉽다는 표정을 짓다니."
"아쉬웠으니까."

작으면서 형태가 좋은 가슴도 좋아하지만, 볼륨이 있는 가슴도 좋아한다.

"이 녀석! 이럴 때 다른 여자를 생각하는 거 아니야!"

"어? 어떻게 알았어?"

"얼굴을 보면 안다고."

쿠로노는 자신의 얼굴을 만져보았지만, 이렇다 할 변화는 없었다.

아마 여자의 감이라는 녀석인가 보다.

"미안해."

"따, 딱히 사과할 일은 아니지만……."

쿠로노가 사죄의 말을 입에 담자, 여주인은 상기된 목소리로 말했다.

"그저……."

"그저?"

"나, 나이가 나이인 만큼 다른 여자랑 비교당하면 견디기 힘들단 말이야."

여주인은 새빨개진 얼굴로 말하고는 고개를 돌렸다.

"그렇게 신경 쓸 정도는 아니잖아?"

"이러니까 젊은 애는. 여자한테는 여자의 갈등이 있는 거야."

그렇게 따지면 남자한테는 남자의 갈등이 있다고 생각하지만, 그걸 얘기한들 달라질 건 없었다.

그러기는커녕 괜한 긁어 부스럼이 될지도 모르기에 잠자코 있

었다.

"……안주인."

"뭐야?"

"슬슬, 움직여도 돼?"

"……너란 애는."

여주인은 신음하듯 말했지만, 이 상태에서 참으라고 하는 게 억지였다.

"다음으로 마지막이야."

"정말이지?"

쿠로노는 여주인의 반응을 확인하듯이 천천히 움직이기 시작했다.

이 뒤에, '다음으로 마지막'이 세 번 이어졌다.

종 장 『가정』

조명용 매직 아이템의 하얀 빛이 책상 위에 놓인 종이 뭉치를 비추고 있다.

자유도시 국가군에서 만들어진 종이가 아니라, 에라키스 후작령에서 만들어진 종이다.

티리아는 맨 위에 있는 종이를 손에 쥐었다.

감촉이 나빠 글자를 쓰려고 하면 깃털 펜의 끝부분이 걸렸다.

그렇지만 종이인 건 틀림없다.

그것도 자유도시 국가군과는 다른 제조법으로 만들어진 종이였다.

지금까지 수입에 의존하던 종이를 제국에서 만들 수 있게 됐다.

그건 단순한 절약이 아니었다.

잘하면 자유도시 국가군 중 어느 한 곳을 멸망시킬 수도 있었다.

그런데도 쿠로노는 그 자각이 없었다.

아마도 이그니스 장군의 패배가 어느 정도의 의미를 지니는지도 모르겠지.

자각하지 않고 터무니없는 일을 한다. 쿠로노란 그런 남자였다.

"……그런 남자와 친구가 될 수 있었으니, 그 패배에도 의미는 있었다는 것이군."

티리아는 작게 웃으며 어릴 적에 들었던 초대 황제의 일화를 떠올렸다.

어릴 적에는 동경을 품었고, 여섯 살이 될 무렵에는 지어낸 이야기라고 생각하게 되었다.

혈통의 가치를 높이기 위해 그럴 수밖에 없었던 것이리라.

"그렇다고 하더라도 '다른 세계에서 왔다'는 건 허풍이 너무 심하잖나."

하지만, 하고 뒷말을 이었다.

만약 그 이야기가 사실이고, '다른 세계에서 온' 사람이 나타났을 때 자신은 어떻게 할 것인가.

"……정해져 있다."

티리아는 깃털 펜을 손에 쥐고 마음속으로 신에게 기도를 올렸다.

하얀빛에 감싸인 깃털 펜을 던졌다. 그러자 깃털 펜은 문에 꽂혔다.

상대가 초대 황제와 고향을 같이하는 자라고 할지라도 제국에 해를 끼친다면 처단한다.

그뿐인 이야기다.

쿠로노 전기

이세계 전이한 내가 최강인 건
침대 위에서만인 것 같습니다

후기

이번에는『쿠로노 전기 이세계 전이한 내가 최강인 건 침대 위에서만인 것 같습니다』를 사 주셔서 진심으로 감사드립니다. 서점에서, 혹은 각종 사이트에서 본작을 보시고 사주신 독자분—— 감사합니다. 앞으로도 재미있게 보실 수 있도록 정진을 거듭하여 나가겠으니 오랫동안 함께해 주시기 바랍니다. 이후로도 독자분께서 만족하실 수 있는 서비스 신을 그려나가겠습니다. "나는 HJ 문고 제일가는 피부색 작가가 되겠어!"라고나 할까요.

WEB판부터 본작을 응원해 주신 여러분—— 다시금 감사 말씀을 드립니다. 반복해서 말하는 것이 되고 맙니다만, 저처럼 실적이 없는 작가가 두 번째 기회를 얻을 수 있었던 건 전적으로 여러분의 응원이 있었기 때문입니다. 여러분의 응원이 없었다면 저는 실의에 빠진 채 붓을 꺾고 말았겠지요. 이 은혜는 작품을 통해 갚아 나가고자 합니다. 이만한 은혜를 받은 데다가 더욱더 부탁을 드리는 것은 마음이 괴롭습니다만, 앞으로도 잘 살펴봐 주시기를 부탁드리는 바입니다.

담당 S 님, 도와주셔서 정말로 감사합니다. 적확한 어드바이스 덕분에 완성도가 확 올랐다고 생각합니다.

무츠미 마사토 선생님, 멋지고 정열적이며 야하면서도 귀여운 일러스트를 완성해 주셔서 감사합니다. 개인적인 이야깃거리라

송구합니다만, 컬러3의 러프는 제 보물입니다. 작가가 되길 잘했어! 작가가 되길 잘했어! 라며 기쁨을 음미하고 있습니다. 언젠가 이 러프가 햇빛을 볼 수 있다면 좋겠다고 생각합니다.

그리고 대학 시절 때부터의 친구 H—— 지금으로부터 7년 전에 WEB판 투고를 시작했을 때도 별 뜻 없는 한 마디가 계기가 되었습니다만, 이번에도 H의 한 마디에 용기를 얻었습니다. 직접 말하는 것이 좋겠지만, 영 쑥스러운지라 이 자리에서 감사의 뜻을 표하는 것을 용서해 주셨으면. H, 고맙습니다. 아마도 H의 한 마디가 없었다면 저는 용기를 낼 수 없었다고 생각합니다. 앞으로도 잘 부탁드립니다.

마지막이 됩니다만, 실은 HJ노벨에서 『사십 줄 아저씨는 슬로우 라이프의 꿈을 꾸는가?』라는 작품이 나오고 있습니다. 이쪽은 이세계에 전생한 아저씨가 독설가 여고생과 함께 모험을 펼친다는 내용입니다. 본작 『쿠로노 전기 이세계 전이한 내가 최강인 건 침대 위에서만인 것 같습니다』와 함께 아껴 주신다면 기쁘겠습니다.

쿠로노 전기 1 **이세계 전이한 내가 최강인 건 침대위에서만 인 것 같습니다**

2020년 7월 15일 1판 1쇄 발행
2021년 5월 15일 1판 2쇄 발행

저 자 사이토 아유무
일러스트 무츠미 마사토
옮 긴 이 주승현
발 행 인 유재옥
본 부 장 조병권
편 집 1 팀 이준환
편 집 2 팀 김민지 정영길 조찬희
편 집 3 팀 김혜주 곽혜민 오준영
편 집 4 팀 성명신
라이츠담당 김슬비 한주원
디 지 털 박상섭 이성호 정현희 최서윤
발 행 처 ㈜소미미디어
인쇄제작처 코리아피엔피
등 록 제2015-000008호
주 소 서울시 마포구 토정로222, 403호 (신수동, 한국출판콘텐츠센터)
판 매 ㈜소미미디어
마 케 팅 박소연 이주희 한민지
전 화 (02)567-3388, Fax (02)322-7665

ISBN 979-11-6507-871-3
ISBN 979-11-6507-870-6 (세트)